千年一叹

长江出版传媒

长江文艺出版社

新出图证（鄂）字 03 号

图书在版编目（CIP）数据

千年一叹 / 余秋雨著 . — 武汉：长江文艺出版社，2017.5
ISBN 978-7-5354-9620-1

Ⅰ.①千… Ⅱ.①余… Ⅲ.①散文集—中国—当代 Ⅳ.①I267

中国版本图书馆 CIP 数据核字（2017）第 071683 号

图书策划：胡　家　徐小凤　　　　责任编辑：吴　双　胡　家
封面设计：壹诺设计　　　　　　　　责任校对：韩　雨　卢燕强
责任印制：张　涛　　　　　　　　　版式设计：胡玉冰

出版：长江出版传媒　长江文艺出版社
地址：武汉市雄楚大街 268 号　　　　　邮编：430070
发行：长江文艺出版社
　　　北京时代华语国际传媒股份有限公司　（电话：010-83670231）
http://www.cjlap.com
印刷：北京中科印刷有限公司

开本：880 毫米 × 1230 毫米　1/32　　印张：9
版次：2017 年 5 月第 1 版　　　　　　2017 年 5 月第 1 次印刷
字数：201 千字

定价：42.00 元

目录

以色列、巴勒斯坦

自　序

一

我辞去院长职务之后，便披了一件深褐色的薄棉袄，独自消失在荒野大漠间整整十年，去寻找中华文化的关键性遗址。

当时交通还极其不便，这条路走得非常辛苦。总是一个人背着背包步行，好不容易见到一个乡民就上前问路，却怎么也问不清楚。那年月，中国各地民众刚刚开始要去摆脱数百年贫困，谁也没有心思去想，在数百年贫困背后是否还蕴藏着数千年魂魄。

终于，我走下来了，还写成了《文化苦旅》和《山居笔记》，与广大读者一起，梳理了中华文化的经络。

接下来的问题无法回避：这样一种悠久的文化，与人类的其他文化相比处于什么地位？长处在哪里？短处又在哪里？

在寻访中华文化遗址的十年间，我也曾反复想过这些问题，还读过不少对比性的文献。但是，我只相信实地考察，只相信文化现场，只相信废墟遗迹，只相信亲自到达。我已经染上了卢梭同样的毛病："我只能行走，不行走时就无法思考。"我知道这种"只能"太狭隘了，但已经无法摆脱。对于一切未经实地考察所得出的文化结论，本不应该全然排斥，但我却很难信任。

因此，我把自己推进到了一个尴尬境地：要么今后只敢小声讲述中国文化，要么为了能够大声，不顾死活走遍全世界一切最重要的废墟。

我知道，后一种可能等于零。即便是人类历史上那几个著名的历险家，每次行走都有具体的专业目的，考察的范围也没有那么完整。怎么能够设想，先由一个中国学者把古文化的荒路全部走遍？

但是，恰恰在最不可能的地方出现了可能。就在二十世纪临近结束的时候，天意垂顾中国，香港凤凰卫视突然立下宏愿，要在全球观众面前行走数万公里，考察全人类最重要的文化遗址，聘请我担任嘉宾主持。聘请我的理由，就是《文化苦旅》和《山居笔记》。文化，呈现出了自身的伸展逻辑。

二

这个行程，需要穿越很多恐怖主义蔓延的地区，例如北非、中东、南亚，而且还必须贴地穿越。对此，现在世界上没有一个政府、一个集团能作出安全的保证，包括美国和欧洲的几个发达国家在内。所以，多少年了，找不到有哪个国家派出过什么采访组做过类似的事，更不必说采访组里还躲着一个年纪不轻的学者。

感谢凤凰卫视为中国人抢得了独占鳌头的勇敢。但是，对于一路上会遇到什么，他们也没有把握。王纪言台长压根儿不相信我能够走完全程，不断地设想着我在沙漠边的哪个国家病倒了，送进当地医院，立即抢救，再通知我妻子赶去探视等等各种预案。他们还一再询问，对于这样一次凶吉未卜的行程，需要向我支付多少报酬。我说，这本是我梦想中的考察计划，应该由我来支付才对。

我把打算参加这次数万公里历险的决定，通知了妻子。我和妻子，心心相印，对任何重大问题都不必讨论，只须通知。但这次她破例说，让她仔细想一想。妻子熟知国际政治和世界地图，这一点与其他表演艺术家很不一样。那一夜，她满脑子都是战壕、铁丝网、地雷、炸弹。终于，她同意了，但希望在那些最危险地段，由她陪着我。

临出发前，我和妻子一起，去与爸爸、妈妈告别，却又不能把真实情况告诉他们。不是怕他们阻止，而是怕他们担心。尤其是爸爸，如果知道我的去向，今后的时日，就会每天深埋在国际新闻的字里行间，出不来了。

就在那天晚上，我年迈的妈妈像是接受了上天的暗示，神色诡秘地朝我妻子招招手，说要送给她一个特殊的礼物。这个礼物，就是我刚出生时穿的第一双鞋。妻子一下子跳了起来，两手捧起那双软软的小鞋子，低头问她："妈妈，你当时有没有想过，那双肉团团的小脚，将会走遍全中国，走遍全世界？"

三

整个行程，是一个伟大的课程。

面对稀世的伟大，我只能竭力使自己平静，慢慢品哑。但是，当伟大牵连出来越来越多的凶险，平静也就渐渐被惊惧所替代。

吉普车贴着地面一公里、一公里地碾过去，完全不知道下一公里会遇到什么。我是这伙人里年龄最大的兄长，大家要从我的眼神里读取信心。我朝大家微微一笑，轻轻点头，然后，继续走向前方。前方的信息越来越吃紧：这里，恐怖主义分子在几分钟内射杀了几十名外国旅客；那里，近两个月就有三批外国人质被绑架；再往前，三十几名警察刚刚被贩毒集团杀害……

我这个人，越到最艰难的时刻越会迸发出最大的勇气，这大概是儿时在家乡虎狼山岭间独自夜行练下的"幼功"。此刻我面对着路边接连不断的颓壁残堡、幢幢黑影，对伙伴们说："我们不装备武器，就像不戴头盔和手套，直接用自己的手，去抚摸一个个老人身上的累累伤痕。"

如此一路潜行，我来不及细看，更来不及细想，只能每天记一篇日记，通过卫星通讯发送到世界各地的华文报纸，让广大读者一起来体会。但在这样的险路之上，连记日记也非常困难。很多地方根本无法写作，我只能趴在车上写，蹲在路边写。渐渐也写了不少，我一张张地放在一个洗衣袋里，积成了厚厚一包。

在穿越伊朗、巴基斯坦、阿富汗边境这一目前世界上最危险地段时，我把这包日记放在离身体最近的背包里，又不时地把背包拉到身前，用双手抱着。晚上做梦，一次次都是抱着这个背包奔逃的情景。而且，每次奔逃的结果都一样：雪花般的纸页在荒山间片片飘落，匪徒们纷纷去抢，抢到了拿起来一看，却完全不认识黑森森的中国字，于是又向我追来……

四

这雪花般的纸页，终于变成了眼前的这本书。

从纽约发生"9·11事件"后的第二天开始，我不断收到海内外很多读者的来信、来电，肯定这本书较早地指出了目前世界上最恐怖地区的所在，并忧心忡忡地发出了警告。韩国和日本快速地翻译了这本显然太厚的书，并把这件事说成是"亚洲人自己的发现"。

不久，联合国举办的世界文明大会邀请我向世界各国代表，讲述那再也难以重复的数万公里。但是，我在演讲的开头就声明，我自己最看重的，不是发现了那数万公里，而是从那数万公里重新发现了中国文化。

熟悉我文风的读者，也许会抱怨这本书的写法过于质朴，完全不讲究文采，那就请原谅了。执笔的当时完全没有可能进行润饰和修改，过后我又对这种特殊的"写作状态"分外珍惜，舍不得多加改动。我想，匆促本是为文之忌，但是，如果这种匆促出自于一种万里恐怖中的生命重压，那就是另一回事了。

现在这个版本与原来的版本有较大不同的地方，是最后部分。那是我走完全程之后在喜马拉雅山南麓尼泊尔博克拉一个叫"鱼尾山屋"的旅馆中，对一路感受的整理。当时在火炉旁、烛光下写了不少，而每天要在各报连载的只是其中一部分。这次找出存稿，经过对比，对于已经发表的文字有所补充和替代。

我在喜马拉雅山南麓的思考，稍稍弥补了每天一边赶路一边写作的匆促。读者既然陪我走了惊心动魄的这一路，那么，最后也不妨在那个安静的地方一起坐下来，听我聊一会儿。世界屋脊下的炉火、烛光，实在太迷人了。

希腊

◎

哀希腊

看到了爱琴海。浩大而不威严，温和而不柔媚，在海边炽热的阳光下只须借得几分云霭，立即凉意爽然。有一些简朴的房子，静静地围护着一个远古的海。

一个立着很多洁白石柱的巨大峭壁出现在海边。白色石柱被岩石一比，被大海一衬，显得精雅轻盈，十分年轻，但这是公元前五世纪的遗迹。

在这些石柱开始屹立的时候，孔子、老子、释迦牟尼几乎同时在东方思考。而这里的海边，则徘徊着埃斯库罗斯、索福克勒斯、苏格拉底、希罗多德和柏拉图。公元前五世纪的世界在整体上还十分荒昧，但如此耀眼的精神星座灿烂于一时，却使后世人类几乎永远地望尘莫及。这就是被称为"轴心时代"的神秘岁月。

现代世界上再嚣张、再霸道的那些国家，说起那个时代，也会谦卑起来。他们会突然明白自己的辈分，自己的幼稚。但是，其中也有不少人，越是看到长者的衰老就越是觊觎他们的家业和财宝。因此，衰老的长者总是各自躲在一隅，承受凄凉。

在现在世界留存的"轴心时代"遗迹中，眼前这个石柱群，显得特别壮观和完整。这对于同样拥有过"轴心时代"的中国人来说，一见便有一种特殊的亲切。

石柱群矗立在一个高台上，周围拦着绳子，远处有警卫，防止人们越绳而入。我与另一位主持人许戈辉小姐在拦绳外转着圈子抬头仰望，耳边飘来一位导游的片言只语："石柱上刻有很多游人的名字，包括一位著名的英国诗人……"

"拜伦！"我立即脱口而出。拜伦酷爱希腊文明，不仅到这里游历，而且还在希腊与土耳其打仗的时候参加过志愿队。我告诉许戈辉，拜伦在长诗《唐璜》中有一节写一位希腊行吟诗人自弹自唱，悲叹祖国拥有如此灿烂的文明而终于败落，十分动人。我还能记得其中一段的大致意思：

> 祖国啊，此刻你在哪里？你美妙的诗情，怎么全然归于无声？
> 你高贵的琴弦，怎么落到了我这样平庸的流浪者手中？

拜伦的祖国不是希腊，但他愿意把希腊看成自己的文化祖国。因此，自己也就成了接过希腊琴弦的流浪者。

文化祖国，这个概念与地域祖国、血缘祖国、政治祖国不同，是一个成熟的人对自己的精神故乡的主动选择。相比之下，地域祖国、血缘祖国、政治祖国往往是一种先天的被动接受。主动选择自己的文化祖国，选择的对象并不多，只能集中在一些德高望重而又神秘莫测的古文明之中。拜伦选择希腊是慎重的，我知道他经历了漫长的"认祖仪式"，因此深信他一定会到海神殿来参拜，并留下自己的名字。猜测引发了好奇，我和戈辉都想偷偷地越过拦绳去寻找，一再回头，只见警卫已对我们两人虎视眈眈。

同来的伙伴们看出了我们两人的意图，不知用什么花招引开了警卫，然后一挥手，我和戈辉就钻进去了。石柱很多，会是哪一柱？我灵机一动，心想如果拜伦刻了名，一定会有很多后人围着刻，因此只须找那个刻名最密的石柱。这很容易，一眼就可辨别，刻得最密的是右边第二柱，但这一柱上上下下全是名字，拜伦会在哪里？我虽然只见过他的半身胸像却猜测他的身材应该颀长，因此抬头在高处找，找了两遍没有找到。刚刚移动目光，猛然看见，在稍低处，正是他的刻名。

刻得那么低，可以想见他刻写时的心情。文化祖先在上，我必须低头刻写，如对神明。很多人都理解了拜伦的心情，也跟着他往低处刻，弯腰刻，跪着刻。因此在他刻名的周围，早已是密密层层一片热闹。

由拜伦的刻名，我想起了苏曼殊。这位诗僧把拜伦《唐璜》中写希腊行吟诗人的那一节，翻译成为中国旧体诗，取名《哀希腊》，一度在中国影响很大。翻译的时间好像是一九〇九年，离今年正好九十年，翻译的地点是日本东京章太炎先生的寓所，章太炎曾为译诗润饰，另一位国学大师黄侃也动过笔。苏曼殊借着拜伦的声音哀悼中华文明，有些译句已充满激愤，如"我为希腊羞，我为希腊哭"。

苏曼殊、章太炎他们都没有来过希腊，但在本世纪初，他们已知道，中华文明与希腊文明具有历史的可比性。同样的苍老，同样的伟大，同样的屈辱，同样的不甘。因此，他们在远远地哀悼希腊，其实在近近地感叹中国。这在当时的中国，是一种超越前人的眼光。

我们在世纪末来到这里，只是他们眼光的一种延续。所不同的是，我们今天已不会像拜伦、苏曼殊那样痛心疾首。希腊文明早已奉献给全人类，以狭隘的国家观念来呼唤，反而降低了它。拜伦的原意，其实要宽广得多。

不管怎么说，我们来希腊的第一天就找到了大海，找到了神殿，找到了公元前五世纪，找到了拜伦，并由此而引出了苏曼殊和中国，已经足够。

一九九九年九月二十九日，

希腊雅典，夜宿 Herodion 旅馆

荷马的迈锡尼

回想希腊当初，几乎所有的学问家都风尘仆仆。他们行路，他们发现，他们思索，他们校正，这才构成生龙活虎的希腊文明。历史学家希罗多德从三十岁开始就长距离漫游，这才有后来的《历史》。

更引起我兴趣的是哲学家德谟克利特（Democritus），他一生所走的路线与我们这次考察基本重合。从希腊出发，到埃及、巴比伦、波斯、印度。他漫游的资金，是父亲留下来的遗产。等他回到希腊，父亲的遗产也基本耗尽。当时他所在的城邦对于子女挥霍父辈遗产是要问罪的，据说他在法庭上成功地为自己辩护，终于说服法官，免予处罚。

正是追随着这样的风范，我们这次考察的重点就不是图书馆、研究所、大学、博物馆，而是文明遗址的实地。

希腊文明的早期摇篮，在伯罗奔尼撒半岛，尤其是其中的迈锡尼（Mycenae）。迈锡尼的繁荣期比希腊早了一千年，它是一种野性十足的尚武文明，却也默默地滋养了希腊。

人们对迈锡尼的印象，大概都是从荷马史诗中获得的吧？那位无法形容的美女海伦，被特洛伊人从迈锡尼抢去，居然引起十年大战。有一次元老院开会，白发苍苍的元老们觉得为一个女人打十年仗不值得，没想到就在这时海伦出现在他们面前，与会者全部惊艳，立即改口，说再打十年也应该。最后，大家知道，迈锡尼人以"木马计"取得了胜利。

但胜利者刚刚凯旋就遭到篡权者的残酷杀害……这些情节，原以为是传说，却被十九世纪八十年代一位德国考古学家的发掘所部分证实。

这就一定要去了。

在荒凉的伯罗奔尼撒半岛上寻找迈锡尼，不能没有当地导游的帮助。找来一位，一问，她的名字也叫海伦。不过我们的这位海伦年岁已长，身材粗壮，说着让人困倦的嗡鼻子英语，大口抽着烟。与她搭档的司机是个壮汉，头发稀少，面容深刻，活像苏格拉底。

海伦和苏格拉底带我们越过刀切剑割般的科林斯运河，进入丘陵延绵的半岛。只见绿树遍野，人烟稀少，偶尔见到一个小村庄，总有几间朴拙的石头小屋挂着出租的招牌，但好像没有什么生意。

路实在太长了，太阳已经偏西，汽车终于停了，抬头一看，是一个傍山而筑的古剧场。对古剧场我当然有兴趣，但一路上我们已见了好几个，而海伦说，前面还有一个更美的。这使我们提起了警觉，连忙问："迈锡尼呢，迈锡尼在哪里？"

海伦摇头说："迈锡尼已经过了，那里一点也不好看。"她居然自作主张改变了我们的路线。后来才知，她接待过东方来的旅游团，到了迈锡尼都不愿爬山，只在山脚下看看，觉得没有意思，她也就悄悄取消了。

我们当然不答应。她只得叫苏格拉底把汽车调头，开回去。

迈锡尼遗址是一个三千三百年前的王城，占据了整整一座小石山。远远一看，只见满山坡的颓败城墙，一般游客以为已经一览无余，就不愿再攀登了。其实，它的第一魅力正在于路。而路，也是这座王城作为战争基地的最好验证。

路很隐秘，走近前去，才不断惊叹它那种躲躲藏藏的宽阔。我带头沿路登山，走着走着，突然一转弯，见到一个由巨石堆积出来的山门，仰头一望，巍峨极了。山门的门楣上是两头母狮的浮雕，这便是我们以前在很多画册中见到过的狮门。

山门石框的横竖之间有深凹的门臼，地下石材上有战车进出的辙印。当门一站，眼前立即出现当年战云密布、车马喧腾的气氛。

进得山门向上一拐，是两个皇族墓地。一个王城进门的第一风景就是坟墓，这种格局与中华文明有太大的差别，却准确地反映了一个穷兵黩武的王朝的荣誉结构。

迈锡尼王朝除了对外用兵之外，还热衷于宫廷谋杀。考古学家在墓廓里发现的尸体，例如用金叶包裹的两个婴儿和三具女尸等等，竟能证明荷马史诗里的许多残酷故事并非虚构。

从墓区向上攀登，石梯越来越诡秘，绕来绕去像是进入了一个立体的盘陀阵。当年这里埋藏了无数防御机巧，只等进城的敌兵付出沉重的代价。终于到了山顶，那是王宫，现在只留下了平整的基座。眼下山河茫茫，当年的统治者在这里盘算着更大的方略。

但是，在我看来，迈锡尼这座山头，活生生地堆垒出了一个早期文明的重大教训。那就是：不管是多么强悍的君主，多么成功的征战，多么机智的谋杀，到头来都是自我毁灭。不可一世的迈锡尼留下的遗址，为什么远比其他文明遗址单调和干涩？原因就在这里。

唯一让迈锡尼留名于世的人，不是君主，不是将军，不是刺客，也不是学者，而是一位诗人，而且，他已经失去视力。因此，它不属于任何一个形式上的胜利者，只属于荷马。历史的最终所有者，多半都是手无寸铁的艺术家。

一九九九年九月三十日，希腊伯罗奔尼撒半岛，
夜宿纳夫里亚（Nafpias）的 King-Minos 旅馆

闲散第一

离开迈锡尼后，半路投宿纳夫里亚，一个海滨小城。

此时的海水没有波浪，岸边全是钓鱼和闲坐的人，离岸几百米的水中，有一个小岛，岛上有一座灰白石壁的古堡，斜阳照得它金光灼灼。回头一看，西边两座山上还各有一座古堡，比这座更美。赶紧登山去看，其中一座叫帕勒密地（Palamidi），很大，里边高高低低地筑造着炮台、岗楼、宫室、监狱，这是当年土耳其占领者建造的，现在空无一人。人们留下了它们，又淡然于它们，没把它们太当一回事。

但在当初，像希腊这样一个文明古国长期被土耳其占领，只要略有文明记忆的人一定会非常痛苦。因为文明早已成为一种生态习惯，怎么能够忍受一种低劣的方式彻底替代？

但是希腊明白，占领早已结束，我们已经有了选择记忆的权利。于是，他们选择了优雅的古代，而不选择痛苦。在他们看来，纳夫里亚海滨的这些城堡，现在既然狰狞不再，那就让它成为景观，不拆不修，不捧不贬，不惊不乍，也不借着它们说多少历史、道多少沧桑。大家只在城堡之下，钓鱼、闲坐、看海。干净的痛苦一定会沉淀，沉淀成悠闲。

我到希腊才明白，悠闲，首先是摆脱历史的重压。由此产生对比，我们中国人悠闲不起来，不是物质条件不够，而是脑子里课题太多、使命太重。

以前我走遍意大利南北，一直惊叹意大利人的闲散，但是，在这里的一位中国外交家告诉我：论闲散，在欧洲，意大利只能排到第三。第一是希腊，第二是西班牙。

在意大利时，经常遇到这种情况：几个外国人在一个机关窗口排队等着办事，而窗口内办事的先生却慢悠悠地走过两条街道喝咖啡去了，周围没有人产生异议。在希腊，每次吃饭都等得太久，只能去吃快餐，但快餐也要等上一个多小时。希腊人想：急什么？吃完，不也坐着聊天？

他们信奉那个大家都熟悉的寓言故事：一个人在鱼群如梭的海边钓鱼，钓到两条就收竿回家，外国游客问，为什么不多钓几条，他反问，多钓几条干什么。外国游客说，多钓可以卖钱，然后买船、买房、开店、投资……

"然后呢？"他问。

"然后你可以悠闲地晒着太阳在海边钓鱼了。"外国游客说。

"这我现在已经做到。"他说。

既然走了一圈大循环还是回到原地，希腊人也就不去辛苦了。

这种生活方式也包含着诸多弊病。有很大一部分闲散走向了疲惫、慵懒和木然，很容易造成精神上的贫血和失重，结果被现代文明所遗落。这一点，我们也看到了。

一九九九年十月一日，希腊伯罗奔尼撒半岛，
夜宿纳夫里亚（Nafpias）的 King-Minos 旅馆

永恒的坐标

终于来到了奥林匹亚。

无数苍老的巨石，全都从千年的颓弛或掩埋中踉跄走出，整整规规地排列在大道两旁。就像无数古代老将军们烟尘满面地站立着，接受现代人的检阅。

见到了宙斯神殿和希拉神殿，抬头仰望无数石柱，终于明白，健康是他们的宗教。

走进一个连环拱廊，便到了早期最重要的竞技场。跑道四周的观众看台是一个绿草茵茵的环形斜坡，能坐三四万人，中间有几个石座，那是主裁判和贵宾的席位。

实在忍不住，我在这条神圣的跑道上跑了整整一圈。许戈辉在一旁起哄："秋雨老师跑得不对，古代奥运选手比赛时全都一丝不挂！"

我说："这要怪你们，当年这里没有女观众。"

确实，当年有很长时间是不准女性进入赛场的，要看，只能在很远的地方。据说，进门左侧背后的大山坡上，可让已婚女子观看，未婚女子只能在进门正前方一公里处的山头上远眺。

当年有一个母亲化装成男子进入赛场观看儿子比赛，得知儿子获得冠军后她一声惊呼露出女声，上前拥抱又露出女形。照理应该惩罚，但人们说，运动冠军一半是人一半是神，我们怎么能惩罚神的母亲？此端一开，渐渐女性可以入场观看比赛了。

把智力健康和肢体健康集合在一起，才是他们有关人的完整理想。我不止一次看到出土的古希腊哲人、贤者的全身雕像，大多是须发茂密，肌肉发达。身上只披一幅布，以别针和腰带固定，上身有一半祖露，赤着脚，偶尔有鞋。除了忧郁深思的眼神，其他与运动员没有太大的差别。

别的文明多多少少也有这两方面的提倡，但做起来常常顾此失彼。或追慕盲目之勇，或沉迷萎衰之学，很少两相熔铸。因此，奥林匹亚是永恒的人类坐标。

相比之下，中华文明在实际发展过程中，把太多的精力投注在上下左右的人际关系上，既缺少个体健全的标志，也缺少这方面的赛场。只有一些孤独的个人，在林泉之间悄悄强健，又悄悄衰老。

一九九九年十月二日，希腊伯罗奔尼撒半岛的

奥林匹亚（Olympia），夜宿 Europa 旅馆

神殿铭言

今天起了个大早，去德尔斐（Delfi）。

在古代一段很长的时间内，希腊各邦国相信，小亚细亚的人相信，连西西里岛的人也相信，德尔斐是世界的中心，而且是世界精神文化的中心。那儿硬是有一块石头，被看成是"地球的肚脐"（Omphalos）。

这个在今天并不为世人熟知的地名，为什么会取得如此高的地位？到了那里就明白了。德尔斐在山上，背景是更高的山壁，面对科林斯海湾，光凭这气势，在古代必然成为某种原始宗教的据点。

它原是大地女神吉斯（Gis）的奉礼地。公元前十二世纪末，从克里特岛传过来另一位更强大的神灵，那就是大家都知道的太阳神阿波罗。阿波罗英俊而雄健，很快取代了大地女神，德尔斐也就成了他的圣地。从此以后，远近执政者凡要决定一件大事，总要到这里来向阿波罗求讨神谕。连一场大战要不要爆发，也由这里决定。既然阿波罗如此重要，各邦国也就尽力以金、银、象牙等等珍贵财物来供奉，结果，德尔斐的财力一时称雄。

讨神谕的手续是这样的：在特定的时节，选出一位五十岁左右的女祭司，先到圣泉沐浴，再让她吸入殿中熏烧的月桂树的蒸气，她就能让阿波罗附身，用韵文写出神谕。

神谕大多是模棱两可的。史载，西亚的里底亚王不知该不该与波斯交战，来问神谕，神谕说，一旦交战，"一个大帝国将亡"。里底亚王大喜，随即用兵，结果大败，便来责问祭司，祭司解释说："当初神谕所说的大帝国，正是您的国家。"

占卜问事，几乎是一切古人类群落的共同文化生态，我们华夏民族把这一过程清楚地镌刻在甲骨上。像德尔斐这样成为欧亚广阔地区的公用祭坛，在世界上却绝无仅有。

我想看看"地球的肚脐"，一问，搬到博物馆里去了。赶紧追到博物馆，进门就是它，一个不高的石礅，鼓形，上刻菱形花纹，但这已是公元之后的复制品。又想看看祭司沐浴的圣泉，回答说因被碎石堵塞，早已干涸。

其实，我知道，德尔斐在精神上很早就已干涸。当理性的雅典文明开始发出光芒，它的黯淡已经注定。它的最后湮灭是在罗马帝国禁止"异教"时期，但在公元前六世纪至前五世纪，希腊的精神文化中心，已经移到了雅典。

这种转移，在德尔斐也有明显迹象。就在阿波罗神殿的外侧，刻有七位智者的铭言，其中一位叫塔列斯，他的铭言是："人啊，认识你自己！"

这句话看似一般，但刻在神殿上，具有明显的挑战性质。它至少表明，已经有人对神谕很不信任。

该信任谁呢？照过去的惯例，换一个神。但这次要换的，居然是人。也不是神化的人，而是人自身。

那么，这句铭言就成了一个路标，指点着通向雅典的另一种文明。

一九九九年十月三日，希腊德尔斐，
夜宿雅典 Royal Olympic 旅馆

我一定复活

早晨起来，想读几份昨天得到的资料。刚坐下又站起身来，原来发现巴特农神殿就在我的左前方山顶。

我重新坐下，久久地抬头仰望着它。

回想二十年前我在中国讲授古希腊戏剧史，不断地提到狄奥尼索斯剧场（Theatron Dionyssou），到这里才明白，那个剧场建在巴特农神殿的脚下，是"天上""人间"的中间部位。戏剧是天人之间的渡桥，而巴特农神殿则是最高主宰。设想那时的雅典，是一个多么神奇而又完满的所在！

怪不得，全世界介绍希腊的图片，如果只有一幅，一定是巴特农；如果有一本，那封面也必定是它。

希腊文明是在它的脚下一步步走出来的，但是，当希腊文明的黄金时代过去之后，它还在。

它太气派、太美丽，后世的权势者们一个也放不过它，不会让它安静自处。

罗马帝国时代，它成了基督教堂；土耳其占领时期，它又成了伊斯兰教教堂；在十七世纪威尼斯军和土耳其军的战争中，它又成了土耳其军的火药库，火药库曾经爆炸，而威尼斯军又把它作为一个敌方据点进行猛烈炮轰。在一片真正的废墟中，十九世纪初年，英国驻土耳其大使又把遗留的巴特农神殿精华部分的雕刻作品运到英国，至今存放在大英博物馆。

摧残来自野蛮，也来自其他试图强加别人的文明。因此巴特农，既是文明延续的象征，也是文明受辱的象征。

本世纪中期，第二次世界大战临近结束的那几天，德国法西斯还在统治着希腊，有两个希腊青年，徒手攀登巴特农神殿东端的垂直峭壁，升起了一面希腊国旗。这事很为巴特农神殿争光，那两个青年当即被捕，几天后德国投降，他们成了英雄。今天，这面希腊国旗还在那里飘着，一面儿孙们献给老祖母的旗。

记得昨天傍晚我们离开巴特农神殿很晚，已经到了关门的时分，工作人员轮番用希腊语、英语和日语催我们离开，我们假装听不懂，依然如饥似渴地到处瞻望着，这倒是把这些工作人员感动了。他们突然想起，眼前可能就是当地报纸上反复报道过的那几个中国人？于是反倒是他们停下来看我们了。

这些工作人员大多是年轻姑娘，标准的希腊美女，千年神殿由她们在卫护，苍老的柱石衬托着她们轻盈的身影。她们在山坡上施然而行，除了衣服，一切都像两千年前的女祭司。

终于不得不离开时，门口有人在发资料。当时拿了未及细看，现在翻出来一读，眼睛就离不开了。原来，一个组织、几位教授，在向全世界的游客呼吁，把巴特农神殿的精华雕刻从伦敦的大英博物馆请回来。

理由写得很强硬：

一、这些文物有自己的共同姓名，叫巴特农，而巴特农在雅典，不在伦敦；

二、这些文物只有回到雅典，才能找到自己天生的方位，构成前后左右的完整；

三、巴特农是希腊文明的最高象征，也是联合国评选的人类文化遗产，英国可以不为希腊负责，却也要对人类文化遗产的完整性负责……

真是义正词严，令人动容，特别是对我这样的中国人。

突然想起，很多年前我曾写了一篇文章表达自己对斯坦因等人取走敦煌文物的不甘心，说很想早生多少年到沙漠上拦住他们的车队，与他们辩论一番。没想到这种想法受到很多年轻评论家的讪笑，有一位评论家说："你辩得过人家博学的斯坦因吗？还是识相一点，趁早放行。"

我对别人的各种嘲弄都不会生气，但这次是真正难过了，因为事情已不是对我个人。

看到希腊向英国索要巴特农文物的这份材料，我也想仿效着回答国内那些年轻的评论家几条：

一、那些文物都以敦煌命名，敦煌不在巴黎、伦敦，而在中国，不要说中国学者，哪怕是中国农民也有权利拦住车队辩论几句；

二、我们也许缺少水平，但敦煌经文上写的是中文，斯坦因完全不懂中文，难道他更具有读解能力？

三、在敦煌藏经洞发现的同时，中国还发现了甲骨文。从甲骨文考证出一个清晰的商代，主要是由中国学人合力完成的，并没有去请教斯坦因他们。所以中国人在当时也具备了研究敦煌的水平。

我这样说，并不是出于狭隘民族主义，但实在无法理解那些年轻评论家的谄媚。他们也许以为自己已经获得了纯西方化的立场，但是且慢，连西方文明的摇篮希腊，也不同意。

你看这份呼吁索回巴特农文物的资料还引述了希腊一位已故文化部长的话：

我希望巴特农文物能在我死之前回到希腊，如果在我死后回来，我一定复活。

　　这种令人鼻酸的声音，包含着一个文明古国最后的尊严。这位文化部长是位女士，叫曼考丽（Melina Mercouri）。发资料的组织把这段话写进了致英国首相布莱尔的公开信。

一九九九年十月五日，希腊雅典，

夜宿 Royal Olympic 旅馆

伏羲睡了

从闹市一拐，立即进入一条树荫浓密的小街，才几十步之遥就安静得天荒地老，真让人惊奇。

我去访问雅典人文学院的比较哲学博士贝尼特（M.Benetatou）女士，一进门就约好，她讲希腊语，我讲汉语，由尹亚力先生翻译，用两种古老的语言对话，不再动用第三种语言。

她现在主要在研究和讲授易经、孔子、老子、庄子。我问她何时何地开始学习中国古代哲学的，她说是十几年前，在意大利。学的是东方哲学，从印度起步，落脚于中国，这是多数同行的惯例。

她立足于希腊古典哲学，对中国哲学有一种旁观者的清醒。她认为希腊哲学的研究重心是知识，中国哲学的研究重心是人生，一开始研习，怎么也对不上口径。等时间长了，慢慢发现，先秦智者中，最符合国际哲学标准的是老子。

我感兴趣的是，希腊有多少人研究中国哲学，她说极少。我说中国研究希腊哲学的人却很多，苏格拉底、柏拉图、亚里士多德的学说在知识界是常识。她说那是因为希腊哲学已成为整个西方哲学的基础，而中国哲学还是内向的。

我问她，在她的希腊学生中，对中国哲学感兴趣的多不多？她说越来越多，但又越来越趋向实用：学周易为了看风水，学道家为了练气功。

我说在中国也向来如此。兴盛的是术，寂寞的是道，因此就出现了学者的责任。但是，弘道的学者也永远是少数，历来都是由少数人维持着上层文明。

她深表赞同，给我递过来一杯鸡尾酒。

她以希腊的立场热爱中国与中国文化，认为这是"同龄人的爱，再老也理所当然"。

书架上有很大一部分是有关中国的书，英文居多，也有中文。还有一些瓷器，瓶底上都标明是明代或清代的，但她说一定是假的，只是保存一种与中国有关的纪念。其实，依我的目光，她那个标明万历年间出品，写有《岳阳楼记》全文的瓷瓶，倒大半是真品，因此劝她不要随手送掉。她的书架上还供奉着几片从北京天坛、地坛捡的碎琉璃瓦，侍候得像国宝。

"真是捡的？"我问。

"真是捡的。"她回答得很诚恳。

让我一时难于接受的是，她养着两只小龟，一雌一雄，雌的一只居然取名"女娲"，雄的一只取名"伏羲"。她说自己特别喜欢它们，因此赐予最尊贵的名字。她把女娲小心翼翼地托在手掌上，爱怜万分地给我看，又认真地向我道歉：伏羲睡了。

问她女娲和伏羲是不是一对，她说：它们还小，等长大了由它们自己决定。现在让它们分开住，女娲住在贮藏室，伏羲则栖身卧室的床底下，男女授受不亲，儒家的规矩。

不管怎么说，在这巴尔干半岛的南端，在苏格拉底和柏拉图留下过脚印的地方，每天都会响起无数次甜蜜呼唤女娲和伏羲的声音。虽然在我听起来，实在有点不对劲。

　　　　　　　　　　　　　　一九九九年十月六日，希腊雅典，
　　　　　　　　　　　　　　夜宿 Royal Olympic 旅馆

人类还非常无知

清晨四点半起床，赶早班飞机，去克里特岛。

这些天一直睡得太少，今天又起得那么早，一上飞机就睡着了。我在蒙眬中感到眼前一片红光，勉强睁眼，却从飞机的窗口看到了爱琴海壮丽的日出。迷迷糊糊下了飞机，又上了汽车，过一会儿说是到了，下车几步才清醒：我们站在一个层楼交叠的古代宫殿遗址前面。

多数房子有四层，其中两层埋于地下。现在挖掘之后，猛一看恰似现代军事防空系统。但是，谁能相信，这个宫殿至迟建成于公元前十八世纪，距离今天已经整整三千七百多年！它湮灭于公元前十五世纪，也已有三千五百年。发现于本世纪的第一年，一九○○年。发现者是英国考古学家伊凡斯（Sir Arthur Evans），他的半身雕像，就竖立在宫殿门口。

说希腊的事，在时间上要用大概念。例如，经常要把公元前五世纪当作一个中点，害得我们这些天来已经不愿理会公元后的文化遗迹。但是一到克里特岛，时间概念还要狠狠地往前推，从公元前三十世纪说起，然后再一步步下伸到它的黄金时代，即公元前十八世纪至十五世纪，当时统称为米诺斯（Minos）王朝，米诺斯是统治者的头衔。米诺斯的所在地，叫克诺撒斯（Knossos），因此也叫克诺撒斯宫殿。

与想象中的古代王宫不同，这个宫殿中没有宏大的神殿，却有更多的人的气息。男女似乎也比较平等，也没有看到早期奴隶制社会森严界限的遗迹。我想，这应该与通达的海上商业有关。

置身于这个宫殿中，处处都能发现惊人的东西。例如，科学的排水系统直到今天仍有不少城市建筑学家前来观摩；粗细相嵌的陶制水管据说与本世纪瑞士申请的一项设计专利没有多少差别；单人浴缸的形态，即使放在今天巴黎的洁具商店里也不算过时；而细细勘察，当时有些浴缸里用的还是牛奶。还有，厕所的冲水设备，窗子的通风循环结构，都让人叹为观止。皇帝、皇后的住所紧靠，共同面对一个大厅，大厅有不同的楼梯进入他们各自的卧室。大厅一侧，又有他们各自独立的卫生间，皇后的卫生间里还附有化妆室。

如此先进的生活方式，居然发生在苏格拉底、孔子、释迦牟尼诞生前的一千年？这真要让人产生一种天旋地转的时间大晕眩。

我们平日总以为人类的那些早期圣哲一定踩踏在荒昧的地平线上，谁知回溯远处的远处，却是一种时髦而精致的生活形态。种种细节都在微笑着反问我们：你们，是否还敢说"古代"和"现代"？

从出土的文物看，这里受埃及影响很大，也有一些小亚细亚的风格。所处的地理位置使它成了古代欧、亚、非三大洲交流的聚散点，这也使希腊文明不能称之为一种完全自创的文明。但就欧洲而言，它是后世各种文明的共同祖先。

但是，严重的问题出来了——

那么早就出现在克里特岛上的这些人是谁？什么人种？来自何方？显然远不止是土著，那么，大部分是来自于埃及，还是亚洲，或是希腊本土？考古学家伊凡斯发现了一大堆被称之为"线形文字A"的资料，估计能解答这个问题，但这种文字一百年来始终未能破读。

另一个更严重的问题是：这么一个显赫的王朝，这么一种成熟的文明，为什么在公元前十五世纪突然湮灭？

美国学者认为是由于岛北一百多公里处的桑托林火山爆发，火山灰六十多米厚，又引发海啸，海浪五十余米高，彻底毁灭了克里特岛。但另一些考古学家却发现，在火山爆发前，克里特岛已遭浩劫。至于何种浩劫，意见也有不同，有的说是内乱，有的说是外敌。

我本人倾向于火山爆发一说，理由之一是它湮灭得过于彻底，不像是战争原因；理由之二是我们看到的宫殿有一半在地下，掩埋它的应该是火山灰。

总之，欧洲文明好不容易找到了自己的源头，但这个源头因何而来，由何而去，都不清楚。由此应该明白，人类其实还非常无知，连对自己文明的关键部位也完全茫然。

未知和无知并不是愚昧，真正的愚昧是对未知和无知的否认。

一九九九年十月七日，希腊克里特岛伊雷克利翁市

（IIraklion），夜宿 Agapi Beach 旅馆

挂过黑帆的大海

从昨天晚上到今天早晨，我一再来到海滩，脱下鞋袜，卷起裤腿，下到水里，长时间伫立。

海浪不大，却很凉，很快就把裤子打湿了。我还是站在那里，很久很久，想把这个岛体验得更真实一点，来摆脱神话般的虚幻。

荷马史诗《奥德赛》有记，克里特岛是一个被酒绿色的大海包围的最富裕的地方。但按荷马的年代，他也只是在转述一种遥远的传闻。当荷马也当作传闻的东西突然清晰地出现在自己眼前，我有点慌神。

昨天在克诺撒斯，我一个人在遗址反复徘徊。同去的伙伴也同样觉得这里的一切过于神奇，散在各个角落发呆，结果引起我们临时请来的一位导游的强烈不满。这位叫曼仑娜的中年女子对着我大声嚷嚷："你们怎么啦，一个也不过来？我会给你们讲每一个房间的故事。我是这里最好的导游，你看我的同事，每一个都带着一大队人在讲解，而你们一个人也不听我讲，真让我害羞！"

我说："曼仑娜，我们都有点兴奋，需要想一想。你先休息一会儿，有什么问题再问你，好吗？"

"你们没听我讲解就兴奋？"曼仑娜不解。

我在徘徊时想得最多的是那个有关迷宫的故事，因为我眼前的一切太像一座大迷宫。

故事说，当初这个米诺斯宫殿里关了一个半人半牛的怪物，每年要雅典送去七对少男少女作为牺牲供奉。有个叫希萨斯（Theseus）的青年下决心要废除这个恶习，与父亲商量，准备混迹于少男少女之中上克里特岛，寻隙把怪物制服。

这件事情凶多吉少，父亲为儿子的英勇行为而骄傲，他与儿子约定，他会在海崖上时时眺望，如果有一条撑着白帆的小船出现在海面，证明事情已经成功；如果顺潮漂来的小船上挂的是黑帆，那就说明儿子已经死亡。

儿子在米诺斯宫殿里制服了怪物，但走不出迷宫一般的道路，而米诺斯王的女儿却看上了他，帮他出逃。谁料这对恋人漂流在大海的半途中，姑娘突然病亡，这位青年悲痛欲绝，忘了把船上的黑帆改挂白帆。

天天站在崖石上担惊受怕的父亲一见黑帆只知大事不好，立即跳海自尽，而这位父亲的名字就叫爱琴。

爱琴海的名字，难道来自这么一个英雄而又悲哀的故事？那么今天我在踩踏的，正是这个挂过黑帆的大海。

传说故事不可深信，但我在米诺斯王宫的壁画上确实见到了少男少女与牛搏斗的画面。我和许戈辉不约而同把这幅画临摹到了笔记本上。

真正需要认真对待的是另一个宏大的传说，那就是我在《山居笔记》中提到过的阿特兰提（Atlantic），即大西洲。说在一万多年前，欧洲和非洲之间的大西洋上还有一片辽阔的大陆，富庶发达，势盖天下，却突然在一次巨大的地震和海啸中沉没海底，不见踪影。大西洲失落之谜代代有人研究，其中有一种意见认为：克里特岛就是大西洲的残余部分。

要真是如此，那么，克里特岛上出现早熟的文明也就顺理成章了。

再高的文明在自然暴力面前，也往往不堪一击。但它总有余绪，飘忽绵延，若断若连。今天的世界，就是凭着几丝余绪发展起来的。

这也让我们产生恐惧：今天的世界，会不会重复大西洲的命运？

大西洲森不可寻，能够通过考古确知的是，克里特文明受到过埃及文明的重大影响。那么，让我们继续回溯。

一九九九年十月八日，上午在克里特岛，

下午飞回雅典，夜飞埃及

埃及

◎

巨大的问号

昨天深夜抵达开罗。在罗马时代，这条路线坐船需花几个月时间。很多载入史册的大事在此间发生，例如"埃及艳后"克里奥佩屈拉和罗马将军安东尼就在这个茫茫水域间生死仇恋、引颈盼望，被后人称为古代西方历史上最伟大的爱情。

但是，就埃及而言，克里奥佩屈拉还年轻得不值一提。我们本为寻找希腊文化的源头而来，但是到了法老面前，连那些长髯飘飘的希腊哲人全都成了毛孩子。从希腊跨越到埃及，也就是把我们的考察重心从两千五百年前回溯到四千七百年前，相当于从中国的东周列国一下子推到传说中的黄帝时代。

开罗机场相当杂乱。我们所带的行李和设备需要全部打开检查。偷看不远处，一个胖胖的服装小商人在接受检查，几百件各种衣服摊了一个满地，全是皱巴巴的低劣品，检查人员居然在每件衣服的每个口袋里摸捏，至少已经摸捏了两三个小时了吧，但旁边还有一个大包刚刚被扯开。

许戈辉一遍又一遍地到那里徜徉，脸色似乎平静，眼中却露出强烈的烦躁。我说："戈辉，我看出来了，如果我们的行李也被这样糟践，你没准会一头撞过去咬他们的手。"她大为惊讶，问："咦，怎么被你看出来了？"

　　幸好没有发生让许戈辉撞头的事，埃及海关得知是中国人，挥挥手就放行了。刚过关，我们的五辆吉普车就迎了上来，从此它们的车轮将带着我们，去丈量几个文明故地间的漫漫长途。

　　找旅馆住下，埃及的旅馆一进去就碰到安全检查门，旁边站着警察。一出门，车里也钻进来一个带枪的警察，我们一下车他就紧紧跟随，一下子把气氛搞得相当紧张。

　　旅馆号称四星级，实际上相当于一个小招待所，我房里没地方写作，卫生间的洗澡设备也不能用。

　　被告知街上的饮食千万不可随意吃，但旅馆的饮食也很难入口。凡肉类都炸成极硬的焦黑色，又炸得很慢，一等好半天，等出来了刚一尝便愁云满面。选来选去，只能吃一种被我们称作"埃食"的面饼充饥。

　　旅馆所在的大片街区都相当落后，放眼没见到一幢好房子，路上拥挤而肮脏，商店里卖的基本上都是廉价品。后来发现整个开罗老城区基本都是如此，新城区要好得多，特别是尼罗河边的那一段相当讲究。但是，落后的老城区实在太大了。

　　这一切，都出乎我的意料。

　　雅典的现实生态已经够让人失望的了，但到了开罗，雅典就成了一个让人想念的文明世界。

　　到金字塔去的那条路修得还不错。走着走着，当脚下出现一片黄沙，身边出现几头骆驼，抬头一看，它们已在眼前。

　　大的有三座，小的若干座，还有那尊人面狮身的斯芬克斯雕像。所有这一切全都是纯净的褐黄色，只有日光云影勾画出一层层明暗韵律。

　　人类真正的奇迹是超越环境的。不管周边生态多么落后，金字塔就是金字塔，让人一见之下忘记一切，忘记来路，忘记去处，忘记国别，忘记人种，只感到时间和空间在这里会合，力量和疑问在这里交战。

我站在最大的那座胡夫金字塔前恭敬仰望，心中排列着以前在书本里读到的有关它的一系列疑问——

考古学家断定它建造于四千七百多年前，按照简单的劳动量计算，光这一座，就需要十万工匠建造二十年。但这种计算是一种笨办法，根本还没有考虑一系列无法逾越的难题。例如，这些巨大的石块靠什么工具运来，又如何搬上去的？十万工匠二十年的开支，需要有多大的国力支撑？而这样的国力在当时的经济水平下又需要多大的人口基数来铺垫？那么，当时埃及的总人口是多少？地球的总人口是多少？

直到本世纪，很多国际上著名的工程师经过反复测量、思考、徘徊，断定这样的工程技术水平即使放到二十世纪，调动一切最先进的器械参与，也会遇到一大堆惊人的困难。那么，四五千年前的埃及人何以达到这个水平？而据一些地质学家断言，这个金字塔的年龄还要增加一倍，可能建造在一万年前！

我们现在经常引用的有关金字塔建造情景的描写，是古希腊历史学家希罗多德考察埃及时的记述。这乍一看似乎具有权威性，但仔细一想，希罗多德来埃及考察是公元前五世纪的事，按最保守的估计，他看到的金字塔也已经建成一千二百多年，就像我们今天在谈论唐代。唐代留下了大量资料，而金字塔的资料，至少希罗多德没有发现。因此，他的推断也只是一种遥远的猜测。对于真正的建造目的、建造过程、建造方式，我们全然一无所知。

说是法老墓，但在这最大的金字塔里，又有谁见过法老遗体的木乃伊？而且，一次次挖洞进去，又有多少有关陵墓的证据？仍然只是猜测而已。

站在金字塔前，所有的人面对的，都是一连串巨大的问号。

不要草率地把问号删去，急急地换上感叹号或句号。人类文明史还远远没到可以爽然读解的时候，其中，疑问最多的是埃及文明。我们现在可以翻来覆去讲述的话语，其实都是近一个多世纪考古学家们在废墟间爬剔的结果，与早已毁灭和尚未爬剔出来的部分比，只是冰山一角。

一九九九年十月九日上午，埃及开罗，
夜宿 Les 3 Pyramides 旅馆

想念秦始皇

还是金字塔。

金字塔对于我们长久以来津津乐道的文史常识有一种颠覆能量。至少，它指点我们对文明奥义的解读应该多几种语法。

本来也许能够解读一部分，可惜欧洲人做了两件不可饶恕的坏事。

第一件是，公元前四十七年，恺撒攻占埃及时，将亚历山大城图书馆的七十万卷图书付之一炬，包括那部有名的《埃及史》。

第二件事更坏，四百多年之后，公元三九〇年，罗马皇帝禁异教，驱散了唯一能读古代文字的埃及祭司阶层。结果，所有的古籍、古碑很快就没有人能解读了。

相比之下，中国的秦始皇虽然也做过"焚书坑儒"的坏事，但他同时又统一了中国文字。这相当于建立了一种覆盖神州大地的"通码"，使中国古代任何区域的历史不再因文字的无人解读而湮灭。

在这里我至少看到了埃及文明中断、中华文明延续的一个技术性原因。初一看文字只是工具，但中国这么大，组成这么复杂，各个方言系统这么强悍，地域观念、族群观念、门阀观念这么浓烈，连农具、器用、口音、饮食都统一不了，要统一文字又是何等艰难！在其他文明故地，近代考古学家遇到最大的麻烦就是古代文字的识别，常常是花费几十年时间才猜出几个，有的直到今天还基本上无法读通。但是，这种情况在中国没有发生，就连甲骨文也很快被释读通了。

我想，所谓文明的断残首先不是古代城郭的废弛，而是一大片一大片黑黝黝的古文字完全不知何意。为此，站在尼罗河边，我对秦始皇都有点想念。

当法老们把自己的遗体做成木乃伊的时候，埃及的历史也成了木乃伊，而秦始皇却让中国历史活了下来。我们现在读几千年的古书，就像读几个喜欢文言文的朋友刚刚寄来的信件，这是其他几种文明都不敢想象的。

站在金字塔前，我对埃及文化的最大感慨是：我只知道它如何衰落，却不知道它如何构建；我只知道它如何离开，却不知道它如何到来。

就像一个不知从何而来的巨人，默默无声地表演了几个精彩的大动作之后轰然倒地，摸他的口袋，连姓名、籍贯、遗嘱都没有留下，多么叫人敬畏。

一九九九年十月九日下午，埃及开罗，

夜宿 Les 3 Pyramides 旅馆

元气损耗

金字塔靠近地面的几层石方边缘，安坐着一对对来自世界各国的恋人。他们背靠伟大，背靠永恒，即使坐一坐，也像在发什么誓、许什么愿。

然后，他们跳下，重新回到世界各地。

金字塔边上的沙漠里有一条热闹的小街，居住着各种与旅游点有关的人。由此想起一些历史学家的判断：埃及最早的城市，就是金字塔建造者的工棚。那么，金字塔，是人类城市的召集人。

我们在这条小街上发现了一家中国餐馆，是内蒙古一位叫努哈·扈廷贵的先生开的。

我让他谈谈身处另一个文明故地的感受，他笑了，说："我不知道为什么埃及人把生命看得那样随便，随便得不可思议。"

他说，在这里，每天上午九时上班，下午二时下班，中间还要按常规喝一次红茶，吃一顿午餐，做一次礼拜，真正做事能有多少时间？

除了五分之一受过西方教育的人，一般人完全不在乎时间约定。再紧急的事，约好半小时见面，能在两小时内见到就很不容易了。找个工人修房子，如果把钱一次性付给他，第二天他多半不会来修理，花钱去了，等钱花完再来。连农民种地也很随意，由着性子胡乱种，好在尼罗河流域土地肥沃、阳光充足，总有收获，可以糊口。

我们也许不必嘲笑他们的这种生活态度，使我困惑的只是：如果金字塔也是这个人种建造的，那么，他们的祖先曾经承受过天底下最繁重忙碌、最周密精确的长期劳役，难道，今天还在大喘气，一喘就回不过神来了？

我对扈先生说："一个人的过度劳累会损耗元气，一种文明也是。"

埃及文明曾经不适度地靡费于内，又耗伤于外，元气耗尽，不得已最终选择了一种低消耗原则。也可称之为"低熵原则"，这是我在研究东方艺术的审美特征时启用过的一个概念。

这种低消耗原则听起来不错，到实地一看却让人瞠目结舌。开罗城有一个区域专门安放死人，为了让死人也能在另一个世界过日子，这里筑有不少简陋的小房小街。现在，却有大量活着的穷人住在里边，真可谓生死与共。但不妙的是，其中又有大量的逃犯。

在正常的居住区里，很多砖楼都没有封顶，一束束钢筋密集地指向蓝天，但都不是新建筑，那些钢筋也早已锈烂。为什么那么多居民住在造了一半的房坯中呢？一问，说这里又不大下雨，能住就行，没盖完才说明是新房子，多气派。以后儿孙辈有钱再盖完，急什么？

他们不急，整个城市的景观却被糟蹋得不成样子，让我们这些外国人都焦急了。

街上车如潮涌，却也有人骑着驴子漫步中间，手上还抱着两头羊。公共汽车开动时，前后两门都不关，只见一些头发花白的老者步履熟练地跳上跳下，更不必说年轻人了。

一个当地司机告诉我，如果路口没站警察，就不必理会红绿灯。万一见了警察也要看看他的级别，再决定要不要听他指挥。

我问："你在车上，怎么判断他的级别？"

"看胖瘦。"他说，"瘦的级别低，胖的级别高，远远一看就知道。"

在埃及不能问路。不是埃及人态度不好，而是太好。我们至少已经试了十来次了吧，几乎每次都是一样。你不管问谁，他总是立即站住，表情诚恳，开始讲话。他首先会讲解你问的那个地方的所属区域，这时你会觉得说在点子上，耐心听下去；但他语气一转就说到了那个区域的风土特征和城建规划，你就会开始不耐烦，等他拐回来；然而他"一言既出，驷马难追"，已经在介绍开罗的历史和最近一次总统选举；你决定逃离，但他的手已按在你的肩上，一再说埃及与中国是好兄弟……最后你以大动作强调事情的紧迫性，逼问那个地方究竟怎么走，他支吾几下终于表示，根本不知道。你举起手腕看表，被他整整讲掉了半个小时。

前几次我们都以为是遇到了喝醉酒的人，但一再重复就生疑了，很想弄清其间原因。一位埃及朋友说："我们埃及人就是喜欢讲话，也善于讲话，所以在电视里看到你们中国官员讲话时还看着稿子，非常奇怪。埃及的部长只要一有机会讲话就兴奋莫名，滔滔不绝地讲得十分精彩。当然，也可能有一个根本原因，大家闲着没事，把讲话当消遣。"

也怪法老，他们什么话也没有留下，结果后代的口舌就彻底放松。

一九九九年十月十日，埃及开罗，

夜宿 Les 3 Pyramides 旅馆

中国回送什么

在沙丘旁，我正低头留心脚下的路，耳边传来一个招呼声："你好！"

一听就是外国人讲的中文，却讲得相当好，不是好在发音，而是好在语调。一切语言，发音使人理解，语调给人亲切。我连忙抬起头，只见一位皮肤棕褐油亮、眼睛微凹有神的埃及青年站在眼前。

他叫哈姆迪（Hamdy），有一个中文名字叫王大力，在开罗学的中文，又到中国进修过。听说我们在这儿，赶来帮着做翻译，已经在门口等了一个多小时。

"你在中国哪个大学进修的？"我问。

"安徽师范大学，不在省会合肥，在芜湖。"他回答。这使我兴奋起来，说："我是安徽的女婿，知道吗？明天，我的妻子就从安徽赶到这里！"

"知道，你的妻子非常有名。"他说，"我也差一点成了安徽女婿，女友是马鞍山的，后来由于宗教原因，她家里不同意。"

就这么几句，他的手已经搭在我的肩上了。

此后几天，我们都有点离不开他了。本来，每到一个参观点都会有导游讲解，王大力谦逊地躲在一边，不声不响。我们提出一些问题，导游多次回答仍不得要领，王大力忍不住轻声解释几句。谁料这几句解释既痛快又幽默，我们渐渐向他汇拢了，使得讲一口流利英语的埃及女导游渐渐被冷落在一边。她非常难过，说要控诉旅游公司，既然派出了她，为什么还要派来一个更强的。其实，王大力根本没受谁的支派，是自愿来的。

他非常热爱埃及文物，说小时候老师带他们到各地旅游，还见到不少横七竖八地杂陈在田野中的文物，谁也不重视，小学同学甚至还会拿起一块石头去砸一尊塑像的鼻子，不知道这尊塑像很可能已经三四千岁。普遍重视文物，是后来外国学者和游客带来的眼光。而他自己，则是在读了很多书，走了很多路之后，才明白过来。

他盼望有更多的中国旅行者到埃及来。从最近几年看，台湾的有一些，大陆的还很少。在亚洲旅行者中，日本和韩国的最多，但他好像不太喜欢他们。

说这番话的时候，他正领着我们参观萨拉丁古堡清真寺。入寺要脱鞋，每个人把鞋提在自己手上，坐在地毯上时要把那双鞋子底对底侧放，而不应把鞋底直接压在地毯上，因为这等于没有脱鞋。王大力远远瞟见一批韩国旅行者没有按这个规矩做，立即虎着脸站起身来，轻声对我们说："我又要教训他们了。"然后用一串英语喝令他们改过来。

"我，能够对刚刚出现在这里的中国大陆旅游者有点微词吗？"他想了半天才小心翼翼地这么问，还十分讲究地用了"微词"这个词。经鼓励，他一二三四脱口而出，像是憋了很久。

"一、很少有人听导游讲解文物，只想购物、拍照；二、每天晚上精神十足，喝酒、打牌，第二天旅游时一脸困倦……"

他觉得，两种古老文明见面，不能让年轻的国家笑话。

说完，他轻松了，指了指萨拉丁古堡教堂一座小小的铁制钟楼，说：

"这是法国人送的。我们埃及送给他们一个漂亮的方尖碑，竖立在他们的协和广场，他们算是还礼。但送来这么一个不像样子的东西，多么小气！我们后悔了，那个方尖碑应该送给中国。中国不会那么小气，也有接受的资格。"他说得很认真。

巴黎的协和广场我曾流连多时，顶尖镀金的埃及方尖碑印象尤深。当时曾想，发生了那么多大悲大喜的协和广场幸亏有了这座埃及古碑，把历史功过交付给了旷远的神秘。今天才知，此间还存在着对古碑故乡的不公平。

如果埃及真想把古碑送给同龄的中国，我们该回送什么？

一九九九年十月十二日，埃及开罗，

夜宿 Les 3 Pyramides 旅馆

一路枪口

妻子今天早晨赶到了开罗。她这趟来得不容易，先从安徽飞到北京，住一夜，飞新加坡，在新加坡机场逗留九小时，飞迪拜，停一小时，再飞开罗，七转八弯，终于到了。

可以想象她没怎么睡过。但按照我们的计划，她必须一下飞机就上吉普，去七百八十公里之外的卢克索，需要再坐十四个小时的车。

在开罗，几乎没有人赞成我们坐吉普去卢克索。路太远，时间太长，最重要的是，一路上很不安全。

自从一九九七年十一月几个恐怖分子在卢克索杀害六十四名各国游客，埃及旅游业一败涂地。第二年游客只剩下以往年份的二十分之一，严重打击了埃及的经济收入和国际形象。为此，埃及政府不能不时时严阵以待。

从开罗到卢克索一路，要经过七个农业省，恐怖分子出没的可能极大。因此，去卢克索的绝大多数旅客只坐飞机。万不得已走陆路，不管是谁，都必须由警察保护。

七百多公里的长途，布满了岗楼和碉堡。一路上军容森森、枪支如林，像是在两个交战国的边防线上潜行。

刚离开开罗，就发现我们车队的头尾各出现了一辆警车，上面各坐十余名武装警察，全部枪口都从车壁枪洞里伸出，时时准备射击。

每过一段路都会遇到一个关卡，聚集了很多士兵，重新一辆辆登记车号，然后更换车队头尾的警车。换下来的警车上的士兵属于上一个路段，他们算是完成了任务，站在路边向我们招手告别。

警车换过几次之后，终于换上装甲车，顶部架着机枪，呼啸而行。

我们在沿途停下来上厕所、吃饭，警察和士兵立即把我们团团围住，不让恐怖分子有一丝一毫袭击我们的可能。我环视四周，穿黑军装的是特警部队，穿驼黄色军装的是公安部队，穿白色制服的是旅游警察，每个人都端着型号先进的枪支。

我不知道世界上还有没有其他地方，也以这样的方式来卫护旅游。但一想到法老的后代除了黑洞洞的枪口外别无选择，不禁心里一酸。其实，人家只想让异邦人士花点钱来看看祖先的坟墓和老庙罢了。

埃及朋友说，他们天天如此，而且对任何一批走陆路的外国旅游者都是如此。埃及百分之九十四是大沙漠，像样一点的地方就是沿尼罗河一长溜，而我们经过的一路正是这一长溜的大部分。因此，这样的武装方式几乎罩住了全国的主要部位，牵连着整个民族的神经。

任何杰出的文明不仅会使自己遭灾，还会给后代引祸，直到千年之后。想到这里，我忍不住在装甲车的呼啸声中深深一叹。

妻子在一旁说："难得那么多荷枪实弹的士兵，目光都那么纯净。"

正说着，车队突然停住，士兵们端着枪前后奔跑，像是发生了什么大事。原来，那位在安徽师范大学进修过的埃及青年王大力今天也被我们请来同行，他的老家到了，叔叔还住在这里，想看一看。这把武装警察们忙坏了，以防发生什么意外。

五辆吉普车一拐就进了村，再加上装甲车、后卫车和那么多武装人员，从车上下来的又都是外国人，我说，村民会以为王大力当选了总统。

这个村其实全是王大力的本家，他叔叔有两个妻子，十三个孩子，再加上稍稍远一点的亲戚，总数不在三百人之下，全都蜂拥而出，却不知怎么欢迎。

村里好像还有"民团"之类的组织，一些上了年岁的老大爷一人端着一支猎枪围过来，阿拉伯长袍裹着他们硕大而衰老的身躯，白色的胡须与枪一配，有一种莫名的庄严。

警察说，这么多人挤在一起可能真会发生什么事，不断呼喊我们上路。装甲车、吉普车队浩浩荡荡又开动了。

此时夜色已深，撒哈拉大沙漠的风，有点凉意。

一九九九年十月十三日，夜宿埃及南部，
卢克索（Luxor）的 Emilio 旅馆

碧血黄沙

昨天从清晨到深夜，在装甲车的卫护下穿越的七个省都是农村。这么长的路途，只见过一家水泥厂，店铺也极少，真是千里土色、万古苍原。

当然也毋庸讳言，一路是无法掩饰的贫困。

今天一早，妻子被一种声音惊醒，仔细一听，判断是马蹄走在石路上，便起床撩窗帘，但只看了一眼就逃回来说："街上空无一人，就像一下子闯进古代，有点怕人。"

卢克索的街市渐渐热闹起来了。我们所在的尼罗河东岸，在古代就被看作生活区，而西岸则是神灵和亡灵的世界，连活人也保持古朴生态。我们想去的地方，当然首选西岸，于是渡河。

先去哈特谢普索特（Hotshepsut）女王祀殿。它坐落在一个半环形山峁的底部，面对着尼罗河谷地。山峁与它全呈麦黄色，而远处的尼罗河谷地则蓝雾朦胧。用中国眼光一看，风水极佳。

女王是稀世美人，这在祀殿的凸刻壁画中一眼就可看出。然而为了表现出她的强劲威武，壁画又尽量让她靠近男性。

整个建筑分三层，一层比一层推进，到第三层已掘进到山壁里去了。

每一层都以二十九个方正的石柱横向排开，中间有一个宽阔的坡道上下连接，既干净利落又气势恢宏，远远看去，极像一座构思新颖的现代建筑。

其实它屹立在此已经三千三百多年，当时的总建筑师叫森姆特，据说深深地爱恋着女王，把所有的爱都灌注到设计中了。女王对他的回报，是允许他死后可进帝王谷，这在当时是一个极高的待遇。今天看来，不管什么原因，这位建筑师有理由名垂千古，因为真正使这个地方游客如云的，不是女王，是他。

女王殿门口的广场，正是一九九七年十一月恐怖分子射杀大量游客的地方。歹徒们是从殿左的山坡上冲下来的，武器藏在白色的阿拉伯长袍底下，撩起就射击，刹那间一片碧血黄沙。今天，我们的五辆吉普车特地整齐地排列在当年游客倒下最多的地方，作为祭奠。

我抬头仰望殿左山坡，寻找歹徒们可能藏身的地方。只见有一个小小的人影在半山快速攀登，仔细一看，竟是妻子。我连忙跟着爬上去，气喘吁吁地在半山腰里见到几个山洞，现在都围着铁丝网。转身俯视，广场上游客的聚散流动果然一清二楚。

许戈辉顺便问了广场边的一个摊贩老板生意如何，老板抱怨说："自从那个事件之后生意不好，你们日本人有钱，买一点吧。"许戈辉连忙纠正，而且绝不讨价还价地买下了一条大头巾，裹在头上飘然而行。

接下来是去帝王谷，钻到一个个洞口里边去看历代帝王的陵墓。

陵墓中的雕刻壁画很值得一看。例如，有一幅壁画描绘一位帝王死后脱下冠冕，穿着凉鞋去拜见鹰头神，并交出了自己的权杖。接下来的一幅是，神接纳了他，于是他也可以像神一样赤脚不穿凉鞋了。手无权杖脚无鞋，他立即显得那么自如。看到这儿我笑了，他已经靠近中国的老庄哲学，却比老庄天真。

记得曾有一位历史学家断言，卢克索地区一度曾是地球上最豪华的首都所在。说"一度"，这是有可能的。如果把埃及历史划定为五千年，那么，起初的三千多年可说是法老时代，中心先在孟菲斯，后在底比斯，即现在的卢克索；接下来的一千年可说是希腊罗马化时代，中心在亚历山大港；最后一千年可说是阿拉伯时代，中心在开罗。

中心的转移，大多与外族入侵有关，而每次入侵的最大成果往往是混血。因此，不同的城市居住着不同的混血群落，纯粹的古埃及血统很难再找到了。现在的埃及人，只要问他来自何处，大体可猜测他的血统渊源。

卢克索延续了三千多年的法老文明，但是我们现在见到的，只是零星遗留罢了。遗留在血统之外，遗留在山石之间。

埃及的古文明，基本上已经遗失。

一九九九年十月十三日，
夜宿卢克索（Luxor）的 Emilio 旅馆

他们老泪纵横

卢克索的第一胜迹是尼罗河东岸的太阳神庙。许多国际旅客千辛万苦赶到这里，只为看它。

烈日下成排的公羊石雕、让人晕眩的石柱阵、石柱阵顶端神秘的落石……过去在电影中多次见过，现在就出现在眼前。

任何一个石柱只要单独出现在世界某个地方，都会成为万人瞻仰的擎天柱。我们试了一下，需要有十二个人伸直双手拉在一起，才能把一个柱子围住。而这样的柱子，在这里几乎形成了一个小小的森林。

每个石柱上都刻满了象形文字，这种象形文字与中国的象形文字全然不同，都是一个个具体物象，鸟、虫、鱼、人，十分写实。但把这些人人都能辨识的图像连在一起，却谁也不知意义。这是一种把世间万物召唤在一起进行神秘吟唱的话语系统，古埃及人驱使这种话语系统爬上石柱，试图与上天沟通。

世间实在有太多的疑难、太多的敬畏需要向上天呈送，于是立了一柱又一柱。与它们相比，希腊、罗马的那些廊柱都嫌小了，更不待说中国的殿柱、庙柱。

史载，三千多年前，每一个法老上任，都要到太阳神庙来朝拜，然后毕其一生，在这里留下自己的拓建。如此代代相续，太阳神庙的修建过程延续了一千多年。

一个令人奇怪的现象是，修建过程这么长，前期和晚期却没有明显区别，中间似乎并未出现过破旧立新式的大进化。

这正反映了埃及古文明的整体风貌：一来就成熟，临走还是它。这种不让我们了解生长过程的机体，让人害怕。

下午在尼罗河荡舟，许戈辉来回凝视着两岸的古迹问我：再过一千年，我们今天的文明也会有人来如此瞻仰吗？我说很难，除非遭遇巨大灾祸。

今天文明的最高原则是方便，使天下的一切变得易于把握和理解。这种方便原则与伟大原则处处相背，人类不可能为了伟大而舍弃方便。因此，这些古迹的魅力，永远不会被新的东西所替代。

但是正因为如此，人类和古迹就会遇到双向的悲怆：人类因无所敬仰而浅薄，古迹则因身后空虚而孤单。

忽然想起昨天傍晚离开帝王谷时在田野中见到的两尊塑像。高大而破残地坐着，高大得让人自卑，破残得面目全非，就像实在累坏了的老祖父，累得已经抽空了肌肤，而坐的姿势还保持着端庄。

它们身后早已空空荡荡。只有它们，留下了有关当时世界上最豪华都城底比斯的记忆。

我似乎听到两尊石像在喃喃而语："他们都走了……"

据说这两尊石像雕的是一个人，阿蒙霍特帕（Amonhotep）四世，但欧洲人却把它们叫作门农（Memnon）。门农在每天日出时分会说话，近似竖琴和琵琶弦断的声音。说话时，眼中还会涌出泪滴。后来罗马人前来整修了一次，门农就不再说话，只会流泪。

专家们说，石像发音是因为风入洞穴，每天流泪是露水所积。一修，把洞穴堵住了，也就没有声音了。

不管怎么解释，只会流泪，不再说话的巨大石像，非常感人。

它们见过太多，因此老泪纵横，不再说什么。

一九九九年十月十五日，

夜宿卢克索 Emilio 旅馆

封存的法老人

古埃及的生态遗迹，在卢克索被较多地保存。我把这种保存称之为"封存"。

"封存"的第一原因是迁移。如果埃及的重心不迁移到亚历山大和开罗，而是继续保持于卢克索，那么，此地的古迹必然随着历史的进程改变自己的身份。越受新的统治者重视，情况就越糟糕。一次次的刷新，很可能是最根本的破坏。幸好重心迁移了，这里变成了边缘地带，反而有了"封存"的可能。

"封存"的第二原因是墓葬。卢克索的多数遗迹在地下，虽然历来受到盗墓者的不断洗劫，但盗墓者毕竟不可能发现所有的洞穴，更不会改变墓道、浮雕、壁画。因此，墓葬中的保存总要比地上保得好。这也使近几百年的考古学家们每次都有巨大收获。

"封存"的第三原因是气候。尼罗河流域紧靠撒哈拉大沙漠，气候干燥，却又不暴热，一遇阴影便凉爽宜人，简直不知霉蚀为何物。以我所见，除了内外浩劫外，霉蚀是文物保存的最大敌人，例如中国南方很难保存远年遗迹，就与气候有关。

"封存"的第四原因是材料。埃及的建筑材料以石料为主，石灰石、花岗石、雪花石铺天盖地，巨大、坚致、光洁，历千年而不颓弛。相比之下，中国建筑以砖木结构为主，保存的时间就要短得多。

除了以上四个方面，我在尼罗河西岸又看到了另一个更有趣的"封存"现象，那就是遗民。

西岸墓葬群周围生活着一批法老的后代，他们拒绝远地嫁娶，血缘稳定，生活简朴，思维单纯。据人类学家说，他们的外貌、身材还余留着法老时代的诸多特征，因此可称之为"法老人"。他们中很大一部分仍然从事着手工刻石，许多古庙的修复都与他们有关。不妨说，这批遗民自己首先被封存了，然后再由他们来封存遗迹。

他们近一千年来也信奉了伊斯兰教，往常可以听到西岸草树丛中传来浑厚的礼拜声。我曾经久久地看着工作时的他们。高瘦的个子，黝黑的脸，鼻子尖尖，满脸满手都是磨石的粉尘，他们使自己也成了古代雕塑。

我想，当年筑造金字塔的工匠，也是这样的吧？

突然，两具"雕塑"向我一笑，露出洁白的牙齿，用英文说："你可以和我们一起拍照。"

我立即蹲在他们中间拍了照，他们又捡了两块漂亮的雪花石送给我。我想这应该付点钱，但他们拒绝了，其中年轻的一位腼腆地说："如果有那种中国小礼物……"

他指的是清凉油。这种东西在中国到处都有又极其便宜，而在阿拉伯世界却被视为宝贝。即使在官员或警察手中塞上小小一盒，也能使一切逢凶化吉。可惜我事先不知道，没有带。据说，法老的后代不太在乎钱，他们生活圈子狭小，钱的用处也不大。他们喜欢清凉油的气味，一喜欢，又觉得什么病都能治了。

遥远而矜持的法老啊，中国山水草泽间的那一点点植物清香，居然能得到你们后代的如此信任，这真让我高兴。

一九九九年十月十五日，

夜宿卢克索 Emilio 旅馆

枯萎属于正常

离开卢克索向东，不久就进入了浩瀚的沙漠。这个沙漠叫东部沙漠，又名阿拉伯沙漠。

刚刚还在感叹古代遗迹的恢宏久远，没几步却跨进了杳无人烟的荒原，连个过渡也不给，让我一时显得十分慌张。

一切都停止了。没有了古代和现代，没有了文明和野蛮，只剩下一种惊讶：原来人类只活动在这么狭小的空间，原来我们的历史只是游丝一缕，在赤地荒日的夹缝中飘荡。

眼前的非洲沙漠，积沙并不厚。一切高凸之处其实都是坚石，只不过上面敷了一层沙罢了。但是这些坚石从外面看完全没有棱角，与沙同色，与泥同状，累累团团地起伏着，只在顶部呈现出淡淡的黑褐色，使每一个起伏在色调上显得更加立体，一波波地涌向远处。

远处，除了地平线，什么也没有。

偶尔会出现一个奇迹：在寸草不生的沙砾中突然生出一棵树，亭亭如盖，碧绿无瑕，连一片叶子也没有枯黄。这是怎么回事，难道地下有一条细长的营养管道？但是，即使有也没有用，因为它还必须面对日夜的蒸发和剥夺，抗击骇人的孤独和寂寞。

由此联想，人类的一些文明发祥地也许正像这些树，在千百万个不可能中挣扎出了一个小可能。

有人对各大文明的一一枯萎疑惑不解。其实，不枯萎才是怪异的，而枯萎属于正常。

正这么想着，眼前的景象变了，黄昏开始来到。沙地渐渐蒙上了黛青色，而沙山上的阳光却变得越来越明亮。没过多久，色彩又变，一部分山头变成炉火色，一部分山头变成胭脂色。色块在一点点往顶部缩小，耀眼的成分已经消失，只剩下晚妆般的艳丽。

就在这时，我们走出了沙地丘陵，眼前平漠千顷。暮色已重，远处的层峦叠嶂全都朦胧在一种青紫色的烟霞中。此时天地间已经没有任何杂色，只有同一种色调在变换着光影浓淡。这种惊人的一致，使暮色都变得宏伟无比。

谁料，千顷平漠只让我们看了一会儿，车队蹿进了沙漠谷地，两边危岩高耸，峭拔狰狞。猛一看，就像是走进了烤焦了的黄山和庐山。天火收取了绿草青松、瀑布流云，只剩下赤露的筋骨在这儿堆积。

西天还留下一抹柔柔的淡彩，在山岩背脊上抚摸，而沙漠的明月，已朗朗在天。

我想，这一切都与人类文明没有什么关系。人类所做的，只是悄悄地找了一个适合自己居住的小环境，须知几步之外，便是万古沙漠。

文明太不容易，真该好好珍惜。

一九九九年十月十七日，
埃及东部古尔代盖（Hurghada），夜宿 Pick Albatros 旅馆

荒原沧海

我们现在落脚的地方叫 Hurghada，翻翻随身带的世界地图册，找不到。只是由于昨天晚上在沙漠里行车，突然看到眼前一片大海，就停了下来。今天早晨一推窗，涌进满屋子清凉。

是红海？

果然是红海。沙漠与海水直接碰撞，中间没有任何泥滩，于是这里出现了真正的纯净。以水洗沙，以沙滤水，多少万年下来，不再留下一丝污痕。

由于实在太纯净了，海面蓝色的深浅正恰反映了海底的深浅。浅海处，一眼可见色彩斑斓的珊瑚礁，还有比珊瑚更艳丽的鱼群。海底也有峡谷，只见珊瑚礁猛地滑落于海底悬崖之下，当然也滑出了我们的视线。

那儿有多深？不知道，只见深渊上方飘动着灰色的沙雾，就像险峰顶端的云雾。

再往前又出现了高坡，海底生物的杂陈比人间最奢华的百花园还要光鲜，阳光透过水波摇曳着它们，真说得上姿色无限。

万丈汪洋直逼着百世干涸，纵天游弋紧贴着千古冷漠，竟然早已全部安排妥当，不需要人类指点。甚至，根本没有留出人的地位。

是的，以沙漠和大海的眼光，几千年来人类能有多少发展？尽管我们自以为热火朝天。

正想着，早已被夜幕笼罩着的海域间，影影绰绰走出几个水淋淋的人来，脚步踉跄、相扶相持、由小而大。刚要惊叹什么人如此勇敢又如此好水性，定睛一看竟是一个年轻的母亲和她的四个孩子，连最大的一个也没有超过十岁。他们是去游泳了？捕鱼了？采贝了？不知道，反正是划破夜色踩海而来。

在我看来，这几乎是人类与自然厮磨的极致标志。他们一家很快进了自己的小木屋，不久，连灯光也熄灭了。于是海边不再有其他光亮。

一九九九年十月十七日，埃及东部古尔代盖，
夜宿 Pick Albatros 旅馆

西眺的终点

这些天，我多次在红海和苏伊士湾的西岸边站立，想着一个问题：中国人最早在什么时候，把目光投向这里？

首先想到的是一千九百年前的那位叫甘英的汉朝使者。当时专管西域事务的班超有一块长年的心病，觉得中国历来只与安息（今伊朗）做生意，而安息实际上只是一个中转站。西部应该还有很大的天地，我们为何不直接与他们做生意呢？于是派出甘英向西旅行，看看那里究竟是怎么回事。

甘英此行历尽艰辛，直到波斯湾才返回。他一路上处处打听，知道从波斯湾向西再走过一些国家，还会遇到一个大海。这大概就是我现在面前的红海了。

甘英听说，到了这个地方，一个真正的大帝国就在眼前。甘英出于多种理由把这个大帝国称为"大秦"，其实就是罗马帝国。当时，红海边的埃及也已被罗马所占领，那么我想，甘英所知道的红海边的大帝国，大半就是埃及。

于是，从《后汉书》开始，中国人已朦胧地把这儿作为西眺的终点。

甘英回来之后，中国人西行还是很少。只知道唐代有一个叫杜环的军人被西域的军队俘虏后曾不断向西流浪，最后可能从地中海进入了北非。但这也只是从他杜撰的一些地名中猜测，是否真的到了非洲，完全没有把握。

由此想起梁启超先生在八十余年前的一个观点，他认为中国历史可分为三个大段落，一是"中国之中国"，即从黄帝时代到秦始皇统一中国，完成了中国的自我认定；二是"亚洲之中国"，从秦代到乾隆末年，即十八世纪结束，中国领悟了亚洲范围内的自己；三是十九世纪至二十世纪，可称"世界之中国"，由被动受辱为起点，渐渐知道了世界。梁启超先生的这种划分，在时间和空间上都宏伟壮观，一扫中国传统史学的平庸思维，我很喜欢。

梁启超先生没有读到二十世纪新发现的一些中外交流史实，划分有些简单化，但基本上还是对的。十九世纪之后中国不得不与外部世界碰撞，首先碰撞到的也是亚洲之外一些比较年轻的国家，与希腊没有什么牵涉，更不待说埃及。

古代的埃及文明和中华文明，显然缺少交往。对于这件事，没有必要作负面评价。路实在太远，彼此很难抵达，两种文明自成保守系统，几乎不可能互相介入。

两个相安无事的远邻，彼此之间不知对方的存在，也没有什么不好。要知道时，总会知道。这就像人际关系，君子之交淡如水，何况是两个一直没有见过面的老君子。

不热络，也不容易破碎；不亲昵，也不容易失望。中国古代与其他几个文明古国交情不深，恩怨不大，这反而成了后来平和相处的基础。

不被过度热情或过度愤恨所扭曲，才是大文明的大气象。

一九九九年十月二十日，开罗，

夜宿 Les 3 Pyamides 旅馆

蚀骨的冷

埃及的一些朋友听说我们的历险考察只开了个头，离开埃及后还要进入中东、南亚、中亚等危险地区，吓了一大跳，执意要为我们壮行。昨天傍晚，在金字塔前举行了一个送别"中国英雄"的隆重仪式。他们觉得，我们这批人今后的命运必定是"九死一生"。

告别仪式后，我们在他们军队的监视下，穿越了苏伊士运河底下的隧道。

苏伊士运河把地中海和红海连到了一起，其实也就是把大西洋和印度洋连到了一起，在世界航运业有重要地位。埃及除了古迹之外，现代最值得骄傲的就是这条运河和阿斯旺水坝，当然会不惜一切代价来保卫。我曾在两位外交官写的书上读到过苏伊士地区一位诗人的诗句：

埃及，我的祖国，
你留下的太少，
失去的太多。
我是你的儿子，
要把你的心愿化作战歌。

诚恳而朴实的句子，从一个方面说明了战争的不可避免。古代的失落和现代的失落毕竟是有情感联系的。世界上的许多纷争，除了现实利益外还有历史荣誉。一些文明古国即使口中不说，心里却十分在乎。

过河之后便是西奈半岛，这已经是亚洲的地面了。这个半岛也是现代国际政治的一个重要话题，一九五六年被以色列占领，一九七三年埃及又试图夺回，几经拉锯终于归还了埃及。记得一九七三年那次战争，以色列在苏伊士运河对岸筑造的防线花了两亿多美元，加上运河的天然障碍，真说得上"固若金汤"，谁料埃及军队想出了用高压水龙头冲刷的绝招，防线土崩瓦解，听起来很是过瘾。

我们吃过午饭就开始在西奈半岛上穿行，直到晚上九时半才到达半岛南部的圣卡瑟琳镇住宿，走了四百七十公里。

这个半岛对埃及来说可称是国防前线，因此军营很多，但除此之外就人烟寥寥，整整几个小时我们几乎没见过一个人。岗楼上有机枪伸头，却见不到哨兵的脸。好不容易到了一个小镇，不仅街上没人，而且连所有的楼房窗口也见不到一个人。偶尔见到一两个阳台上晾有衣服，才有人住的痕迹，但也可能晾了半年多了，主人没有回来。在这样的土地上行走，心里确实发毛。

月光下的沙漠有一种奇异的震撼力，背光处黑如静海，面光处一派灰银，却有一种蚀骨的冷。这种冷与温度无关，而是指光色和状态，因此更让人不寒而栗。这就像，一方坚冰之冷尚能感知，而一副冷眼冷脸，叫人怎么面对？

灼热的金字塔，竟由这么一片辽阔的冷土在前方卫护着。

一九九九年十月二十二日，埃及西奈半岛，

夜宿 El Wady El Mouguduss 旅馆

海已枯而石未烂

在宗教的磨练期，荒凉是一个必需条件。在希伯来的宗教文化史上，有一个《出埃及记》的记载，说的是拉美西斯二世统治时期，在埃及逃荒的希伯来人不甘心被奴役而出走的壮举。他们在摩西的带领下渡红海出埃及，来到的就是西奈半岛。

他们为了自立而选择荒漠，在西奈沙漠里整整流浪了四十年。最后来到西奈山下落脚，耶和华在那里授予摩西十条戒律，于是犹太教正式诞生。这说起来，也是三千多年前的事了。

再往后推一千多年，公元二世纪，各地的基督教徒为了逃避朝廷迫害也聚集到西奈山下，在这难于生存的环境中，淬炼信仰。

西奈山荒凉到什么程度？

好像被猛烈的海啸冲刷过，什么都没有了，包括海水，只剩下石天石地。或者，根本不是什么海啸，它原来就是海底，而海水不知突然到哪里去了。

我觉得眼前的景象只能用这样一句话来概括：海已枯而石未烂。

圣卡瑟琳修道院是非去不可的。它静静地安踞在西奈山的万丈峭壁下，近似一个石砌的小城堡。门道很小，有两层铁钉裹皮的门。一进入，我们就看到了一个紧凑而神圣的小天地。

教堂的门是公元六世纪的原物，没有动过。从教堂出来一拐，又看到了摩西坐过的井台和他与耶和华谈话的地方。与世界上其他教堂和修道院不同的是，这里处处直现出一千多年前的原始，歪斜而坚牢，简陋而光滑。

公元三世纪埃及亚历山大城一位十六岁的贵族女儿信奉基督，当时的罗马总督逼她改信罗马拜神教，还派来五十位学者与她辩论。结果，五十位学者全部被她说服，皈依了基督，连总督的妻子也追随了她。总督大怒，将她杀害，这位殉教的少女就叫卡瑟琳。世界上以她名字命名的教堂和修道院有好几座，而我们现在进入的这一座，公认为最老，也最有地位。

修道院里还有一个仅次于梵蒂冈的基督教真本图书馆。它曾经拥有一部公元四世纪的羊皮卷本《圣经》，其珍贵程度可想而知，十九世纪曾被一名德国学者借去，没想到这名学者四年后就把它卖给了大英博物馆，获利十万英镑。我对文化盗贼分外敏感，觉得这个名为学者的人实在不是东西，估计他为了掩盖自己的劣迹还会对修道院进行诬陷。修道院身处荒远，无以发言，只把他当年写的那张借据保留着，直到永远。

圣洁总会遇到卑劣，而卑劣又总是振振有词，千古皆然。

任何一个光明正大的宗教都拒绝卑劣，因此宗教和宗教之间必有对话的可能。这个修道院不仅有犹太教和基督教的遗迹，也保留着伊斯兰教的圆顶，几乎是一个小小的耶路撒冷。

一九九九年十月二十三日，上午在西奈半岛，
下午赴以色列，夜宿埃拉特（Eilat）的 Marinaclub 旅馆

以色列、巴勒斯坦。

所罗门石柱

从埃及到以色列确实不容易，我们在两国边关办手续，整整折腾了六个小时。倒也没有任何怨言，因为这是"出埃及"，如果轻而易举，反而觉得失重。

从荒凉的西奈半岛进入以色列，实在是对比强烈。埃拉特（Eilat）不仅美丽，而且现代，让人不敢相信自己刚刚从"海已枯而石未烂"的地方走出。

以色列的国土像一把锥子，埃拉特正好在锥子的顶端。经昨天晚上一觉酣睡，今天一早就匆忙北上，目标是将近三百公里外的耶路撒冷。但是，上路不久就停下了，因为我们发现了一个叫作"所罗门石柱"的所在。

所罗门（David Solomon）这个名字对我很有吸引力，他是犹太民族历史上堪称划时代的英雄大卫的小儿子。所罗门继承大卫统治希伯来王国，开创了犹太民族百世回味的黄金时代。那么，他的"石柱"是怎么回事？

走近一看，原来是所罗门时代的一个铜矿。铜矿正面山崖上，有几个天然岩柱。

我吃力地爬上岩柱边的陡坡向下俯瞰，一张幽远的历史年表在眼前翻卷。我想：犹太人也真是太不容易了。所罗门王朝辉煌于公元前十世纪，离现在已经足足有三千年了；如果再往前追索，希伯来人在亚伯拉罕（Abraham）的带领下从美索不达米亚迁居阿拉伯沙漠，创造早期犹太文明，已经是三千八百年前的事了。连我们前几天提起过的摩西带领部属出埃及，也已有三千三百年。这也就是说，犹太人在公元十世纪之前，花了一千年左右的时间，已经把自己的故事演绎得非常壮丽。这故事里有感人的精神、决绝的举动和奢华的建设，绝不比世界上其他早期文明逊色。

他们最让人佩服的地方，是为了民族解放不惜一次次大迁移。不管走再远的路，只要落脚，就能快速创造出一个优于别人的生态。如果哪一天发现这种生态中还有被奴役的成分，那么，他们宁肯放弃，再一次选择流浪。

但是，真不知道命运为什么对这个民族如此不公，居然有那么多巨大的灾祸接二连三地降落在他们头上。驱逐、杀戮、奴役，怎么也摆脱不了。

我脚下，所罗门时代的繁华安然长眠，伟大的英雄们不知道自己身后居然会发生这么多惊天动地的大事——

公元前六世纪犹太王国遭巴比伦洗劫，数万人被押往巴比伦，成为历史学上的一个专用名词：巴比伦之囚；

从公元前一世纪开始，罗马人一次次攻陷耶路撒冷，犹太人不分男女老幼宁肯集体自杀也不投降，剩下的只能逃亡异乡。但几乎到任何一个地方都遭到迫害，即便在罗马灭亡后的中世纪，犹太人的处境仍然骇人听闻。

直到二十世纪中期，希特勒还在欧洲杀戮了六百万犹太人，仅奥斯维辛集中营在一九四三年就处死了二百五十万犹太人。这一血淋淋的史实，终于撼动了现代人的良知。

犹太人屡遭迫害的原因很多，但后来他们明白，没有祖国是一个重要因素。以色列是他们好不容易建立起来的一个国家，多少血火情仇都在这里浓缩。我走在这里的每一步都牵动着心头的一个大问题：人类，为什么如此对同类过不去？

犹太民族不大，但由于灾难和流浪，他们的身影远远超过了那些安居乐业的人群。在世界任何一个角落，都能隐隐听到他们的歌声：

啊，耶路撒冷！
要是我忘了你，
愿我的双手枯萎，不再弹琴；
要是我忘了你，
愿我的舌头僵硬，不再歌吟！

在全球的反犹狂潮中，倒是我们中国人表现出了一种貌似木讷的宽容和善良。从宋代朝廷到第二次世界大战时期的上海，都善待了犹太流浪者。结果，希伯来文融入了河南方言，又融入了上海口音，由黄河、长江负载着，流入大海，去呼唤遥远的亲人。

一九九九年十月二十四日上午，
从埃拉特前往耶路撒冷

向谁争夺

四周是茫茫沙漠，但一个个种植棚却出现了，棚外滚动着遗落的香瓜和西红柿。不久见到了村庄，绿树茂密、鲜花明丽，但一看花树根部，仍然是灼灼黄沙。

我们钻进一个棚，主人要我们蹲下身来看他们种植的秘密。地下仍然是沙，有一根长长的水管沿根通过，每隔一小截就有一个滴水的喷口，加入了肥料的清水一滴不浪费地直输每棵植物。

由沙漠和沼泽组成的以色列，在自然资源上排在整个中东的后面。但短短几十年间，它的农业产品增加十六倍，不仅充分自足，而且大量出口欧洲。无数个欧洲家庭，每天都离不开来自以色列沙漠的果品和鲜花。

多年以来，中东地区战乱不断。大家不知说了多少话，生了多少气，流了多少血，死了多少人，而且至今尚未看到停息的迹象。站在这里我想，以色列人在沙漠里拓展种植的奋斗，要比任何军事占领都更有意义。人类应该争夺的对象，是沙漠，而不是他人。

当人们终于懂得，笼罩荒原的不应该是战火而应该是暖棚，播洒沙漠的不应该是鲜血而应该是清泉，一切就走上正路了。

就我个人而言，实在有点好笑，长期以来对以色列的情报机构"摩萨德"钦佩不已，因为它居然可以在敌方的眼皮底下把人家新研制的军用飞机和导弹整架、整批地偷出来，甚至一夜之间把对方的雷达站囫囵搬到自己一方，简直像神话一般。自从进入以色列以来，满街可以看到英姿飒爽的持枪士兵，男女都有。但是，只要看到街边那些不穿军装却又特别深沉的男人，或特别漂亮的女人，我都会多看几眼，心中暗暗猜测："是摩萨德吗？"

人折腾人，人摆布人，人报复人，这种本事，几千年来也真被人类磨砺到了炉火纯青的地步，但我实在不知道该不该把它划入文明发展史。如果不划入，许多智慧故事、历史事件便无处落脚；如果划入，文明和野蛮就会分不清界限。

其实，人折腾人的本事，要算中国最发达。但是如果今天要用最简明的线索来描绘中华文明，只要是正派的学者，一定会把这种本事搁置在一边。

我真想把中国的这种体验告诉以色列朋友，同时也告诉他们的对手。

一九九九年十月二十四日下午，从埃拉特前往耶路撒冷，
夜宿 Renaissance 旅馆

年老的你

去耶路撒冷，有一半路要贴着死海而行。

死海是地球上最低的洼地，湖面低于海拔三百多米，湖深又是好几百米，基本上是地球的一个大裂痕。

水中所含盐分，是一般海水的六倍，鱼类无法生存，当然也不会有渔船，一片死寂，因此有了死海这个名字。

现在死海是以色列、约旦的边境所在，湖面各分其半，成了军事要地，更不会有其他船只，死得更加彻底。

但是，死海之美，也不可重复。

下午五时，我们来到了死海西岸的一个高坡。高坡西侧的绝壁把夕阳、晚霞全部遮住了，只留下东方已经升起的月亮。这时的死海，既要辉映晚霞，又要投影明月，本已非常奇丽，谁料它由于深陷低地，水汽无从发散，全然朦胧成了梦境。

一切物象都在比赛着淡，明月淡，水中的月影更淡。嵌在中间的山脉本应浓一点，却也变成一痕淡紫。从西边反射过来的霞光，在淡紫的外缘加了几分暖意。这样一来，水天之间一派寥廓，不再有物象，更不再有细节。我想，如果把东山魁夷最朦胧的山水画在它未干之时再用清水漂洗一次，大概就是眼前的景色。

这种景色，放在通向耶路撒冷的路边，再合适不过。

走完了死海，朝西一拐，方向正对耶路撒冷。这时，很多丘陵迎面奔来，一座又一座，脚下的道路也不断盘旋。夜色苍茫间只见老石斑驳，提醒你这条路从太远的历史延伸出来，切莫随意了。

世界上没有另一座城市遭受过这么多次的灾难。它曾毁灭过八次，即便已经成了废墟，毁城者还要用犁再铲一遍，不留下任何一丝痕迹。但它又一次次重建，终于又成了世界上被投注信仰最多的城市。

犹太教说，这是古代犹太王国的首都，也是他们的宗教圣殿所在；

基督教说，这是耶稣传教、牺牲、复活的地方，当然是无可替代的圣地；

伊斯兰教说，这是穆罕默德登天聆听真主安拉祝福和启示的圣城，因此有世界上第一等的清真寺。

三大宗教都把自己的精神终端集中到这里，它实在超重得气喘吁吁了。

宗教极端主义和民族极端主义乘虚而入。于是，神圣的耶路撒冷，在现代又成为最大的是非之地。

有人说，在今天，世界的麻烦在中东，中东的麻烦在阿以，阿以的麻烦在耶路撒冷。如果真是这样，那么耶路撒冷，我实在无法描述走近你时的心情。

也许，年老的你，最有资格嘲笑人类？

一九九九年十月二十五日，耶路撒冷，

夜宿 Renaissance 旅馆

神的花园

今天要去的地方，是巴勒斯坦管辖的杰里科。

刚出发就遇到了一位名叫阿蒙·雅各布（Armon Jacob）的历史学博士，以色列人，乐呵呵的满脸大胡子。他最想把此地的古今事迹介绍给外国人，于是便请他上了我们的车。

杰里科（Jericho），在《圣经》里称作耶利哥，阿拉伯的名称叫埃里哈（Ariha），在耶路撒冷北部四十五公里。这是整个巴勒斯坦发展较快的地方，但与以色列管辖的地区相比，生活方式的差别还是判若天壤。说实话，极度的贫困和混乱，让我们不好意思多看。

以前就知道，这里经常发生冲突。我们小心停车，慢慢下来，没想到转眼间街上的多数人都围过来观看。他们衣履不整、态度友善，但围观时间一长，却使我们隐隐感到一种巨大的不安。

在正常的生活环境里，人们见到外国人只是扫一眼罢了。如果大家都对任何陌生信号有一种超常的敏感，那一定是长期不安定的结果。而且，还会酿发新的不安定。

除了不大的市中心外，其他地方的房子，有很多只有门洞和窗洞，却没有门窗。看上去，这种房子就像睁着惶恐而委屈的眼，一直没合上。

雅各布不断催我们赶快离开。我们问他为什么,他用英语说:"人生苦短,为何要冒这个险?"

但奇怪的是,他作为以色列人,却与当地的巴勒斯坦警察关系友好,互相神色诡秘地打招呼。他对我们解释说:"我和这里的警察局长是朋友。民间其实并不对抗,比较麻烦的是双方的政治极端分子。"

恐怕没有这么简单。在我看来,巴以冲突牵涉很广。政治家敏感于主权归属,文化人敏感于历史伦理,老百姓敏感于生态差异。其中,最根本的是生态差异,包括生命节奏、教育背景、风俗特点、卫生习惯、心理走向都不一样。在这一切的背后,又都潜藏着世代的自尊和委屈,因而必然产生麻烦。

即使只是生活习惯上的互相鄙视,甚至只鄙视在眼神里,其实也是一种文化冲突。政治冲突、军事冲突都是对文化冲突的故意夸张,看起来很激烈,实际上反而比文化冲突更容易解决。我们现在都看到了,世界上很多曾经尖锐冲突的地方,现在都已经纷纷和解,原因是它们之间的文化生态能够沟通。但是以巴冲突至今没有看出和解的希望,再过多少年也不乐观。原因也恰恰是文化生态上的不可调和。

离城区不远,我们看到了杰里科古城遗址。考古证明,这座古城存在于公元前八千年,距今正好一万年,是世界上最古老的城市。

我下到一个考古坑里,仔细地看了一座观察塔的遗迹,心想早在一万年前人们已在骄傲地守望着这座城市了,而现在的城市竟然还那样破败和危险。

据《圣经》记载,古代犹太人渡红海、出埃及,从西奈沙漠进入约旦河流域,首先是攻克此城,才定居迦南(Canaan)地区的。有关攻克此城的故事,记得详尽、生动,读了很难忘记。

杰里科历来被称为"神的花园",我也曾经在一些想当然的现代书籍中读到过对它出神入化的描绘。今天我站在它面前,说不出一句话。处在生态对抗和精神对抗的第一线,再悠久的历史也只能枯萎。这里现在很少有其他美丽,只有几丛从"神的花园"里遗落的花,在飞扬的尘土间,一年年花开花落,鲜艳了一万年。

一九九九年十月二十六日,从耶路撒冷继续向北,
夜宿加里利湖(Sea of Galilee)畔的 Nof Ginosar 旅馆

每一步都面对孩子

告别杰里科之后往北，很快就到了大名鼎鼎的"约旦河西岸"。

约旦河见不到水，河谷中心有一些绿色的植物，两边都是荒山野地。一道又一道的铁丝网连接着，一路上很少有正常生活的迹象。

铁丝网很细密，直封地底，连蛇也爬不过来。

路旁经常出现军车，士兵们见到我们这一溜吉普，都打招呼，以为又来了军事观察团。其实我们连车牌都来不及申请到，只怕被他们"观察"到什么。

前面有一个大关卡，我们再一次为车子的牌照悬起了心。几个军人要我们停车，很负责地把头伸进车窗，仔细地打量了一遍车内的情况，就放行了。他们检查了一切，唯独忘了看车牌。

于是，我们进入了戈兰高地。

高地先是堵在我们路东，一道长长的山壁，褐黄相间，偶有绿色。待到我们渐渐翻了上去，它就成了脚下高低起伏的坡地，有军营、炮车、坦克。很多地方挂着一块三角黄牌，写明有地雷，那儿就杂草丛生。

走着走着，我们已进入了以色列与叙利亚之间的隔离区。这时天色已晚，遇到一个铁丝网重重翻卷的关口就过不去了。抬头一看，写着UN only，是联合国维和部队的哨所，过了关口就是叙利亚。

哨所上没见到有人影，我们很想拍摄这个关口，但光线太暗，只得把吉普车的前灯全部开亮，两台摄像机同时开动。这事想起来十分危险，如果隐蔽在什么地方的哨兵看到了这个景象又搞不清是怎么回事，没准会向我们开枪。

雅各布博士自信地摇头，说："不会。这个关口的守卫者是奥地利官兵，现在一定喝醉了酒在睡觉。有一次我摸上岗楼还叫不醒他们，就顺手拿起他们的枪放了两枪，他们才醒。"

我们笑了，觉得雅各布一定在吹牛，因此，也没有为难他再次去摸哨放枪，只管趁着夜色下山，找旅馆睡了。

今天一早醒来，还是放不下戈兰高地，觉得昨天晚上黑森森的没看清什么，应该再去一次。

先到昨天晚上打亮车灯的那个关口，看见已经站着一位威武的哨兵。一问，果然是奥地利的，雅各布调皮地朝我们眨眨眼，意思是"我没吹牛吧"？但我们谁也没有问那位士兵，昨夜是否喝醉了。

然后我们登上一个高处，可以鸟瞰四周。眼下有一座被当代战火所毁灭的城市遗址，断垣残壁清晰可见，让一切当代人的目光都无法躲避。

我把目光移向远处，突然想到，北方丛山背后，应该是纪伯伦的家乡。

这位歌唱爱的诗人，我在十几岁时就着迷了。不知他的墓园，是否完好？

下了戈兰高地，我们一行又向西南奔驰，去拜谒耶稣的家乡拿撒勒（Nazareth）。

耶稣在伯利恒（Bethlehem）出生后随家逃往埃及，后又返回拿撒勒度过童年，长大后又在那里传教。拿撒勒有一座天主报喜教堂，纪念天使向圣母预告耶稣即将降生的消息。

这个教堂经过彻底重建，把古迹和现代融于一体。现代拿出来的，反而是不加雕饰的原始形态，来烘托精致斑驳的古迹。在爱的领域，古今、文野、高低，没有界限。

教堂门口出现了一队队前来参拜的小学生，穿着雪白的制服，在老师的带领下一路唱着悦耳的圣诗。让人眼睛一亮的是，老师是倒着身子步步后退的。她们用笑脸对着孩子，用背脊为孩子们开路，周围的人群也都为他们让出了一条道。

真不愿相信，这些天真可爱的生命迟早也要去承受民族纷争的苦难。

我想，上一代应该像这些老师，不是高举自己偏仄的口号让孩子们追随，而是反过来，每一步都面对孩子，步步后退。只要面对孩子，一切都好办了。

一九九九年十月二十七日，
夜宿加里利湖畔 Nof Ginosar 旅馆

写三遍和平

今天去以色列最大的经济、文化中心特拉维夫，半道上曾在两个地方停留。

先看到的是一座十字军的城堡。我爬上城墙，看到上方是城垛、箭孔，下方是饮战马的水槽，为防战马失蹄而凿下深深纹路的石板。再仔细看，发现城堡的建筑材料有很大一部分是罗马式的精致残柱。泥石裹住了破碎的辉煌，这就构成了深刻的象征，让人联想到，野蛮如何裹胁了文明。

我终于第一次看到了进攻性的城堡。此前看到过的一切城堡，都是防守型的。进攻性城堡的特点，一是小，可以快速建造，快速放弃；二是只驻扎兵马，没有正常居民；三是建造的材料大量取自于刚刚被毁的建筑，具有强烈的破坏色彩。

在中国，我至今没见过一个进攻性城堡。即便是万里长城，也只是坦荡荡的一堵单面外墙，筑在自家门口，不存在任何侵略含义。这已经是民族精神的象征造型，永久性地嘲笑着一拨拨幻想状态的"中国威胁论"。

第二个地方离特拉维夫很近，叫雅法（Yafo），一座已有三千多年历史的港口小城，它的名字曾出现在《圣经》中。

当初，所罗门王朝在耶路撒冷建造圣殿，所用木材就是经由雅法港口转运的。这座小城直到近代，还记录了一场大冲突、大驱逐、大迁徙。

一九〇九年，这座小城的犹太人都纷纷离开了，不得不到北部不远处去开辟新的居住地。由此可见他们当时与阿拉伯人冲突到了何等严重的程度。这个新的居住地，就是今天举世闻名的特拉维夫。

那么，雅法和特拉维夫，构成了一部怨仇难解的"双城记"悲剧。

在雅法临海的圣彼得修道院近旁，我们发现了一条最动人的小街。起伏弯曲、层层叠叠，结构隐蔽，一看就知道是一些躲避战乱、又舍不得离开的居民搭建的。直到今天，一个个小门洞里还可找到雅致的小店铺、作坊和家庭式博物馆。你看，即便在恶潮般的动荡中，人们对寻常生活的渴求，仍然像血管般弯曲而强劲。

使一座伤残的城市慢慢复元的，并不是什么痛快的复仇计划，而是普通民众对寻常生活的渴求。

到特拉维夫的第一件事，去看拉宾广场。拉宾遇刺已整整四年，回想那时在遥远的中国，我和妻子一听到这个消息就为他流过眼泪。

先找到特拉维夫政府大楼，登上他那天演讲的平台。然后顺着他那天的路线，朝东北方向的露天楼梯下楼，一共二十六级。楼梯底下，就是他倒下的地方。一个年轻的极端分子，永远切断了老人呼唤和平的声音。

这地方现在有一个三十平方米左右的黑色大理石祭坛，祭坛前的石碑上刻着：就在这个地方，一个星期六的晚上，以色列总理拉宾遇刺身亡。

祭坛中央垒着大块的黑石，前方三个玻璃罩里，点着很多蜡烛。我们俯下身去，点烛、献花。以色列人默默地看着我们。中国人在这里做这样的事，还比较罕见。

遇刺地点北侧是一条小路，路边长长的墙上密密麻麻留着大量祭奠者的题词。由于太多太乱，当局正在用水龙头冲洗，以保持祭坛附近的整齐肃穆。

我对这些题词很感兴趣，便一把拉过妻子，来到水龙头还没有冲洗的最后一块墙上去辨读。冲洗邻墙的水珠已洒落在我们头上，我们不管，满脸湿漉漉地在希伯来文、阿拉伯文中间寻找英文，我一句句翻译给妻子听：

> 我的儿子出生在一九九四年十一月你倒下的那天，他现在已经知道你，并将生活在你带来的和平中。我们全家感激你……

> 事件发生的那年我还不知道你倒下的意义，但这几年我明白了。这个国家需要你……

> 生在你这样伟大的人物身旁，居然还有人与爱为敌，向你举枪，真是可耻……

> 给和平一个机会吧……

> 世界不会忘记……

妻子说，我们也写吧，尽管明天就可能被冲洗掉。

我说对，写。

于是我找了一个空白处，用大大的中文字写了三遍"和平"，然后签名，再用英文注明，我们来自中国。

在充满战争狂热的土地上，真正的英雄并不坐在坦克里，也不捧着炸药包躲在街角，而是那些冒死呼唤和平的人。

一九九九年十月二十八日，以色列特拉维夫，

夜宿 Mercure 旅馆

交缠的圣地

又回到了耶路撒冷。

一脚踏进旧城，浓浓的一个中世纪。

阴暗恐怖的城门，开启出无数巷道，狭小拥挤，小铺如麻。所有的人都被警告要密切注意安全，使我们对每一个弯曲、每一扇小门都心存疑惧。

脚下的路石经过千年磨砺，溜滑而又不平，四周弥漫的气味，仿佛来自悠远的洞窟。

不知走了多久，突然一片敞亮。眼前一个广场，广场那端便是著名的哭墙（Wailing Wall），犹太教的最高圣地。

这堵墙曾是犹太王国第二圣殿围墙的一部分，罗马人在毁城之时为了保存证据，故意留下。以后千年流落的犹太人一想到这堵墙，就悲愤难言。直到现代战争中，犹太士兵抵达这堵墙时仍然是号啕一片，我见过那些感人的照片。

靠近哭墙，男女必须分于两端，中间有栅栏隔开。

在墙跟前，无数的犹太人以头抵着墙石，左手握经书，右手扪胸口，诵经祈祷，身子微微摆动。念完一段，便用嘴亲吻墙石，然后向石缝里塞进一张早就写好的小纸条。纸条上写什么，别人不会知道，犹太人说这是寄给上帝的密信。于是我也学着他们，在祈祷之后寄了一封。

背后有歌声，扭头一看，是犹太人在给男孩子做"成人礼"，调子已经比较欢悦。于是，哭声、歌声、诵经声、叹息声全都汇于墙下，一个民族在这里倾吐一种压抑千年的心情。

哭墙的右侧有一条上坡路，刚攀登几步就见到了金光闪闪的巨大圆顶，这是伊斯兰教的圣地，叫金顶岩石清真寺，也简称为岩石圆顶（Dome of Rock）。它的对面，还有一座银顶清真寺。两寺均建于公元七世纪阿拉伯军队征服耶路撒冷之后。

我们在金顶岩石清真寺门口脱下鞋子，恭恭敬敬地赤脚进入。只见巨大的顶穹华美精致、金碧辉煌，地上铺着厚厚的毛毯。

中间一个深褐色的围栏很高，踮脚一看，围的是一块灰白色的巨石。相传，伊斯兰教的创始人穆罕默德由此升天。

巨石下有一个洞窟，有楼梯可下，虔诚的穆斯林在里边礼拜。

伊斯兰教对耶路撒冷十分重视，有一个时期这是他们每天礼拜的方向。直到现在，这里仍然是除麦加和麦地那之外的另一个重要圣地。走出金顶岩石清真寺我环顾四周，发觉伊斯兰教的这个圣地，开阔、高爽、明朗，在全城之中得天独厚，犹太教的哭墙只在它的脚下。

两个宗教圣地正紧紧地交缠着，第三个宗教——基督教的圣地也盘旋出来了。盘旋的方式是一条曲曲折折的小路，相传耶稣被当局处死之前，曾背着十字架在这条路上游街示众。

目前正在特拉维夫大学攻读博士学位的中国留学生荆杰先生熟悉这条路，热情地带领我们走了一遍。

先是耶稣被鞭打并被戴上荆冠的地方，然后是他背负十字架游街时几次跌倒的处所，每处都有纪念标记。相传在他游街的半道上曾在一个小街口遇到母亲玛丽亚，现在这个小街口有一个浮雕，浮雕中两人的眼神坦然而悲怆，凝然直视，让人感动。

最后，到了一个山坡，当年的刑场。从公元四世纪开始，这里建造了一个圣墓教堂。教堂入口处有一方耶稣的停尸石，赭白相间，被后人抚摸得如同檀木。两位年老的妇女跪在那里饮泣，很多来自世界各地的朝圣者也都跪在两旁。

基督教把这条长长的小路称作悲哀之路（Via Dolorosa），也简称苦路。这条路在经历那么漫长的历史之后仍然不加任何现代修饰，老模老样地让人走一走，想一想。它平静而又强烈地告诉我们：无罪的耶稣被有罪的人们宣判为有罪，他就背起十字架，反替人们赎罪。

那么，这条路，几乎成了《圣经》的易读文本。

任何像样的宗教在创始之时总有一种清澈的悲剧意识，而在发展过程中又都因为民族问题而历尽艰辛，承受了巨大的委屈。

结果，谁都有千言万语，谁都又欲哭无声。

这种宗教悲情有多种走向。取其上者，在人类的意义上走向崇高；取其下者，在狭窄的意气中陷于争斗。

但是，如果让狭窄的意气争斗与宗教感情伴随在一起，事情就严重了。宗教感情中必然包含着一种久远的使命，一种不假思索的奉献，一种集体投入的牺牲，因此最容易走向极端，无法控制。这就使宗教极端主义比其他种种极端主义都更加危险。从古到今，世界上最难化解的冲突，就是宗教极端主义。

走在耶路撒冷的任何角落我都在想，中华文明的长久延续，正与它拒绝了宗教极端主义有关。中华文明也常常走向极端，但是由于不是宗教极端主义，因此很难持续。

从哭墙攀登到清真寺的坡路上，看到一群阿拉伯女学生，聚集在高处的一个豁口上，俯看着哭墙前的犹太人。她们的眼神中没有任何仇恨和鄙视，只是一派清纯，好奇地想着什么。她们发觉背后有人，惊恐回头，怕受到长辈的指责，或受到犹太人的阻止。但看到的是一群中国人，她们放心地笑了。

一九九九年十月二十九日，耶路撒冷，

夜宿 Renaissance 旅馆

警惕玩弄历史的人

今天去加沙地带。

这是目前世界上最敏感的地区，一到关口，就感到气氛比约旦河西岸和戈兰高地还要紧张。

迎面是一个架势很大的蓝灰色关卡，以色列士兵荷枪实弹地站了三个层次。头顶岗楼上的机枪，正对准路口。远远望进去，经过一个隔离空间，前面便是巴勒斯坦的关卡。

这里要查验护照，但谁都知道，护照上一旦出现了以色列的签证，以后再要进阿拉伯的其他国家就困难了。因此，前几天从埃及进关的时候用的是集体临时签证，但那份签证今天并没有带在身边。于是，我们这帮人究竟是怎么进入以色列的，都成了疑问。更麻烦的是，几辆吉普车无牌照行驶的问题，在这里也混不过去了。

有一辆警车朝我们的车队驶来，警车上坐着一位胖胖的以色列警官，看派头，级别不低。他不下车，只是用沉闷的男低音调侃我们："你们，居然连什么文件也没有？没有签证，没有车牌，没有通行许可？"

他大概从来没有遇到过这样的车队，耸耸肩，不再说什么，只让我们自己得出结论。

想不出别的办法，只能打电话找中国驻巴勒斯坦办事处。不多久，常毅参赞和他的夫人潘德琴女士就开着车来到了关口。几经交涉，以色列警官终于同意我们几个人坐着办事处的外交公务车进去。

车子驶过巴勒斯坦关口，倒不必再停下检查。我们向憨厚的士兵们招了招手，他们咧嘴一笑，就过去了。

加沙地区的景象，与杰里科差不多。我们先到一个难民营，难民主要是一九六七年战争中失去家园的各地阿拉伯人。由于已经过了三十多年，现在也已形成了一个社区。满眼是无数赤着脚向我奔来的孩子，按阿拉伯人的生育惯例，逃难过来的已是他们祖父一代了。

生活一看就知道非常贫困。但巴勒斯坦电视台的朋友用宣传的口气说，与三十年前相比，已经发生很大变化。

我问，这么大的难民区是由什么样的机构管理的？

他们说，是居民委员会。

我再问，居民委员会上面是什么机构？

他们指了指街口说：他。

我一看街口，是阿拉法特的巨幅画像。

加沙地区被以色列包围着，阿拉伯人进出很不容易；但在以色列看来，他们整个国家都被阿拉伯世界包围着。既然这样，有一群固执的犹太人干脆住进了加沙地区，决不搬走。

这就构成了一圈又一圈的包围网：你包围我，我包围你，你深入我，我深入你，你中有我，我中有你。分不断，离不开，扯不清。

双方都有一笔冤屈账，互相都有几把撒手锏。就像两位搬不了家的邻居，把伤疤结在一起了。

很想去看看加沙境内的犹太人居住点。这样的居住点，像嵌在敌方肌体上的一枚枚钉子，追求的是一种政治上的象征意义。对方当然也不会让这些钉子好过，历来冲突不断，结果全都成了"前线"。我们过去一看，发现有铁丝网、岗楼、探照灯包围着。我们想走近一点，阿拉伯朋友说，这已经是最近了，再近他们就会射击。其实，每一个定居点里只住了十几个犹太人，保卫的军警数量与他们差不多。

我站在路边看着这一圈圈互相包围的网，觉得这是人类困境的缩影。从宏观上说，这是历史上所有悲剧中最大的悲剧。

事情开始时可能各有是非，时间一长早已烟雾茫茫。如果请一些外来的调解者来裁判历史曲直，其实也非常冒险，因为这样反而会使双方建立起自己的诉说系统，倒把本该遗忘的恩怨重新强化了。

我在这里，与以色列和巴勒斯坦两方的朋友都作了深入的交谈，产生了一个简单的想法：他们都应该多一点遗忘，搁置历史情绪，用现代政治智慧，设计出解决方案。

记性太好，很是碍事。

历史有很多层次，有良知的历史学家要告诉人们的，是真正不该遗忘的那些内容。但在很多时候，历史也会被人利用，成为混淆主次、增添仇恨的工具，因此应该警惕。特别应该警惕那种煽风点火的"知识分子"，他们貌似充满激情，其实早已失去良知。

几个文明古国的现代步履艰难，其中一个原因，是玩弄历史的人太多。

历史只有从细密的皱纹里摆脱出来，才能回复自己刚健的轮廓。

为了加深对这一个问题的思考，决定明天去参观城西的大屠杀纪念馆。那里，供奉着全人类共同确认的一些原则，可以让我们明白，历史的哪些部位才不该遗忘。

一九九九年十月三十日，以色列加沙地区，
夜宿耶路撒冷 Remaissance 旅馆

寻找底线

大屠杀纪念馆坐落在耶路撒冷城西的赫哲山旁，纪念第二次世界大战期间被德国纳粹屠杀的六百万犹太人。

进入主厅，每个男人都要从一位老汉手中接过一顶黑色小纸帽戴上。主厅黝暗，像一个巨大的洞窟。屋顶有一扇窗，一束光亮进入，直照地下一座长明火炬。火焰燃得宁静，边上镌刻着那些"现代地狱"的地名。

中间有一个小小的讲台。每年五月的一天，以色列的总统和总理都会站到这里。全城汽笛长鸣，各行各业立即停止一切工作，悼念两分钟。

离开主厅时，我把黑纸帽还给门口的老汉，说声谢谢，老汉点一点头，用浑浊的眼睛看着我，然后指了指东边。东边，我没有料到，会有一个让我泪流不止的所在。

那是一座原石结构的建筑，门口用英文写着：亚伯拉罕先生和他的妻子伊蒂塔，建造此馆纪念他们的儿子尤赛尔（Uziel），尤赛尔一九四四年在奥斯维辛被杀害。

但是，这并不仅仅是一个私人的纪念，因为紧接着还有一行触目惊心的字：纪念被纳粹杀害的一百五十万名犹太儿童。

进入这个纪念馆要经过一条向下延伸的原石甬道，就像进入最尊贵的法老的墓道。所有的人都低着头沉重地往前走，一拐弯，就看到甬道尽头一幅真人大小的浮雕。是一张极其天真愉快的儿童的脸，年龄在三四岁之间，浮雕下写着他的名字：尤赛尔。

年迈的父母在自己死亡前做了一件最有重量的事情：用这么多石头留住了儿子的笑脸。

从尤赛尔的浮雕像再向里一转，我肯定，所有的人都会像钉子一样钉在地上动弹不得。因为在眼前一片漆黑的背景中，出现了各种各样的儿童笑容。男孩，女孩，微笑的，大笑的，装大人样的，撒娇的，调皮的都有。短发似乎在笑声中抖动，机灵全都在眼角中闪出。但他们，全被杀害了！

这些从遗物中找到的照片，不是用愤怒，不是用呼喊，而是用笑容面对你，你只能用泪眼凝视，一动不动，连拿手帕的动作都觉得是多余。

我不敢看周围，但已经感觉到，右边的老人已哽咽得喘不过气来，左边一个年轻的妻子一头扎在丈夫怀里，丈夫一只手擦着自己的眼泪，一只手慰抚着她的头发。

大家终于挪步，进入一个夜空般的大厅。上下左右全是曲折的镜面结构，照得人就像置身太虚。不知哪里燃了几排蜡烛，几经折射变成了没有止境的烛海，沉重的夜幕又让烛海近似于星海，只不过每颗星星都是扑扑腾腾的小火苗。

这些小火苗都是那些孩子吧？耳边传来极轻的男低音，含糊而殷切，是父亲们在嘱咐孩子，还是历史老人在悲怆地嘟哝？

走出这座纪念馆的每个人，眼睛都是红的。大家不再说话，慢慢走，终于走到了一座纪念碑跟前。内弧形的三面体直插云霄，它纪念的是一切在反抗法西斯的斗争中牺牲的英雄，没有国界，不分民族。

法西斯摧残的不仅仅是某个民族，而是全人类，所以全人类站到了同一条战线。不远处的墙角里放着一条小木船，旁边挂了一个说明，原来这条小木船是荷兰的反抗者组织在那最险恶的年月每天深夜用来偷渡犹太人的，一条船至多能坐三个人，加上另外几条，居然解救出七千多人。怪不得纪念馆周围的花坛、草坪上刻有大量感谢牌，感谢当年解救过犹太人的各国人民和各种组织。每个感谢牌边还种一棵树，如今已浓荫蔽天。

我很看重耶路撒冷有这样一座纪念馆。由于有它存在，这些天不断看到的各种宗教纠纷和民族冲突，碰到了一条划分大善大恶的底线。有了底线，也就有了共同语言。

一九九九年十月三十日，耶路撒冷，
夜宿 Renaissance 旅馆

我们不哭

在耶路撒冷的哭墙前，巧遇几个来以色列学习沙漠滴灌种植的中国农民企业家。他们认出了我，对我说：犹太人在哭墙前都眼泪汪汪，我们中国人见到万里长城却很少流泪，是不是我们的民族感情不如别人？

我说：不。

他们奇怪地看着我。

我说：犹太人失去国土两千年，见到一堵残留的老墙当然要哭，但中国人从来没有失去过国土。泱泱大国使我从容，茫茫空间让我放松。因此，见到长城，我们不哭。

一个民族的集体心态，是由环境和经历塑造的。对此，谁也没自豪或自卑的理由。但是，对于那些比较陌生的集体心态，我们却有一份体谅的责任，看看有没有可能从远处提出一点建议。

我在耶路撒冷的街道间走走停停，踩踏着它的每一缕神圣和仇恨。心里一直在问，它该从哪里走出困境？

这个问题很尖锐。眼前，考古挖掘还在大规模地进行。我到考古现场一看大吃一惊，一座城门底下还压着一座城门，原来每次毁城都是一种掩埋，以后的重建都是层层叠加。那么，一个个"圣殿"挖掘出来，测定的年代都会令人咋舌，会不会给现实的纷争又带来新的依据？

在我看来，一切古迹只有在消除了火气之后才有价值。如果每一个古迹都虎虎有生气地证明着什么，表白着什么，实在让今天的世界受不了。

妻子在旁边说："耶路撒冷最好成为一个博物馆。"

耶路撒冷太大，不可能整个成为一个博物馆，但它的种种遗址、古迹、圣迹，却有必要降低对峙意涵，提升文化意蕴，使人们能够愉快欣赏。这种说法好像很不切实际，但想来想去，没有更好的路。

在这一点上，我突然怀念起佛罗伦萨。在那里，当人们不再痴迷战火，许多宗教题材也就经由一代艺术大师的创造，变成了全人类共享的艺术经典。从此，其他重量不再重要。

把历史消融于艺术，把宗教消融于美学。这种景象，我在罗马、梵蒂冈、巴黎还一再看到。由艺术和美学引路，千年岁月也就化作了人性结构。

如果耶路撒冷也出现了这个走向，那么，犹太朋友和阿拉伯朋友的心情，也会变得更加轻松、健康、美好。

一九九九年十一月二日，耶路撒冷，
夜宿 Renaissance 旅馆

约旦。

幽默的笑意

一条大河居然能从沙漠穿过，这无疑是一个壮举，但也迟早会带来麻烦。

它带给大地的绿色太狭窄了，因此，对它的争夺一定远远超过它能提供的能量。

我说的是约旦河。

今天我们离开以色列去约旦，先是在约旦河西岸向北行进，过关后则在约旦河东岸向南行进，把整个河谷看了个遍。那么多岗楼的枪眼，逼视着几乎干涸的河水，想想人类也真是可怜。

与几千年前文明初创时完全是同一个主题，只不过那个时候河水远比现在旺盛，争夺也没有现在这么激烈。现在，逼视着它的枪眼背后，还躲藏着全世界的眼睛。

过关很慢，六个小时，这是预料中的。以色列一方的关口，干干净净地设置了很多垃圾箱，每隔二十分钟，便有几个女警察出来，逡巡在垃圾箱间，以极快的速度逐一翻看一遍，她们是在提防定时炸弹。

约旦一方的关口，也干干净净，却没有一个垃圾箱，丢垃圾要进入他们的办公室，在众目睽睽之下塞进一个口子很小的金属筒里，也是在提防定时炸弹。

约旦也是沙漠之国，百分之八十是不毛之地。有时，我们在路边见到一丛绿草便会疼惜万分地停步俯下身去，争论着它属于哪个种类，却没有人敢拔下一根来细看，因为它活得很不容易。

我们站起身来搓搓手，自责身为大河文化的子民，平日太不知爱惜。不知爱惜那清晨迷蒙于江面的浓雾，不知爱惜那傍晚摇曳于秋风的芦苇。

沿约旦河东岸南行，开始一段还能看到河谷地区的一些农村，不久就盘上了高山。但那些山全是沙山、石山，看不到什么泥土。当地人仍然想方设法，见缝插针，种了不少容易存活的树。偶尔也见到一些小镇和村落，看起来好像比埃及和巴勒斯坦看到的稍稍整齐一点。

托尔斯泰说，幸福的家庭都很相像，不幸的家庭各有不同。这个原则不适合沿途各国的景象。我们看到的是：所有的贫困都大同小异，一踏进富庶则五花八门。这不奇怪，贫困因为失去了多种选择的可能才真正变得不幸，所以必然单调划一；而所谓幸福也就是拥有了自由选择的权利，因此各有不同。

我想，约旦是没有多少选择权利的，一切自然条件明摆着。世间太多不平事，有的国家，你永远需要仰望，而有的国家，你只能永远同情。

但是，这番思考很快就停止了，因为眼前的景象越来越让人吃惊。

应该是快靠近安曼了吧，房屋渐渐多起来，却有一种不可思议的干净。这种干净猛一看是指街上没有垃圾，墙壁尚未破残，实际上远远不止，应该包括全部景物的色调和谐，沿路建筑的节奏匀称。大到整体布局，小到装饰细节，仿佛有一双见过世面的大手打理过，而且，这个过程看来已重复了一段时间。

我敢肯定，一切初来安曼的旅行者都会不相信自己的眼睛。因为不管他们从空中来还是从陆路来，谁也逃不过大片令人绝望的荒漠，怎么一下子会变得那么入眼？

我想，一个政治家最令人羡慕的所在，是这种让所有的外来人大吃一惊的瞬间。我看到了墙上刚刚去世不久的侯赛因国王的照片，皱纹细密的眼角中流露出幽默的笑意。这种笑意的内涵，正由静静的街道在注释。

一九九九年十一月三日，约旦安曼，

夜宿 Arwad 旅馆

山洞盛宴

昨天在以色列、约旦边境苦等时，由于两国海关都告示严禁旅客携带任何食品，我们在骄阳、蝇群中饥饿难忍。与约旦海关商量，到他们的职工食堂买了几个粗面饼包黄瓜，一人还分不到一个，当然不解决问题。

夜间抵达安曼，只想到任何一个地方去填饱肚子，即便是最粗劣的餐食也不会计较了。对于漫漫沙漠行程，我们首先在饮食上准备好了承受的底线。

但是，车过一条安静的小街，竟然看到了一盏大红灯笼，喜融融的红光分明照着四个篆体汉字：中华餐厅！

当时在我们心中，这真是荒漠甘泉。急匆匆冲进去，见到的几个服务生都是约旦人，用英语招待，但我们的嗓门引出了厨师，一开口，地道的北京口音。于是，一杯茉莉花茶打头，然后让我们瞠目结舌地依次端出了：红烧大黄鱼、干煸四季豆、蘑菇煨豆腐、青椒炒鸡丁！

筷子慌乱过一阵，心情才慌乱起来：这是到了哪里？我们遇到了谁？难道是基度山伯爵安排的山洞盛宴，故意要让我们吃惊？举头四顾，只见墙上还悬挂着各种中国古典乐器，又有几幅很大的旧戏照。我和妻子对此很是内行，一看便知是《四郎探母》和《春香闹学》。演员面相不熟，但功架堪称一流。

直到上面条之前，主角出场了。一位非常精神的中国老者，笔挺的身材，黑西装，红领带，南方口音，略带一点四川腔。按照中国人历来打招呼的习惯，我们问他是哪里人。他说，安徽合肥东乡店埠。妻子拊掌而笑，逗引他说了一通合肥土话。

他叫蒯松茂，七十一岁，曾是台湾当局驻约旦的上校武官，一九七五年约旦与台湾断交，与大陆建交，他就不回台湾了，留下来开中国餐馆，至今已有二十五年。

我问他，像他这样身份的人为什么选择开餐馆？他说，既然决定不回去了，总要找一件最适合中国人做的事，做其他事做不过当地人。但真正开起来实在寸步难行，在约旦，哪里去找做中国菜的原料和作料？

幸好原来使馆的一位上海厨师也不走了，帮助他。厨师退休后由徒弟接，现在的几位厨师都是从大陆招来的。二十五年下来，这家中华餐厅在约旦首屈一指，又在阿联酋开了一家等级更高的分店，生意都很红火。连侯赛因（台湾译胡笙）国王和王后也到这里来用餐，满口称赞。顾客八成是约旦的阿拉伯人，二成是欧美游客，中国人极少。

他一边说，一边习惯地用餐巾擦拭着盘子，用眼睛余光注意着每个顾客的具体需要，敏捷地移过去一只水杯、一瓶胡椒。我问："这么晚了，你自己吃过晚饭没有？"他说："侍候完你们再吃。"他轻松地用了"侍候"两字，使我们无颜面对他的年龄。但奇怪的是，他的殷勤一点也没有减损他的派头。派头在何处？在形体，在眉眼，在声调，在用词，在对一切顾客的尊重。

我又问，在这么僻远的地方居住几十年，思乡吗？这是一个有预期答案的问题，但他的答案出乎意料："不，不太思乡。对我来说，妻子在哪儿，哪儿就是家；对妻子来说，从小与她相依为命的阿姨在哪儿，哪儿就是家。我们非常具有适应性，又好交朋友，到任何地方都不寂寞。我们天天闻到从中国运来的蔬菜食品的香味，各国客人到我这里来品尝中国菜，我是在异国他乡营造家乡。"

"怪不得你还搜集了那么多中国传统文化的记号。"我指了指满墙的乐器、戏照，说。

"戏照用不着搜集，那是我妻子。"他赶紧说明。

"你太太？"我有点吃惊，"她的表演姿势非常专业，怎么会？"

"跟她母亲学的。她母亲叫姚谷香，艺名姚玉兰，杜月笙先生的夫人。"

"这么说，你是杜月笙先生的女婿？"我问，他点头。

这种发现，如果是在上海、香港、台北、旧金山，我也就好奇地多问几句罢了，不会太惊讶，但这儿是沙漠深处的安曼！一个在半个世纪前威震上海、势盖中国的帮派领袖，居然在这里被我找到了他的嫡亲后代。于是，不得不冒昧地提出，允不允许我们明天到他家拜访，看望一下蒯太太？

蒯先生眼睛一亮，说："这是我的荣幸，我太太一定比我更高兴。只是家里太凌乱、太简陋了，怕怠慢。"

一九九九年十一月四日，约旦安曼，

夜宿 Arwad 旅馆

把伤痕当酒窝

在安曼串门访友，路名和门牌号都没有用，谁也不记，只记得哪个社区，什么样的房子。要寄信，就寄邮政信箱。这种随意状态，与阿拉伯人的性格有关。

但这样一来，我们要去访问蒯先生家，只能请他自己过来带路了。他家在安曼三圆环的使馆区，汽车上坡、下坡绕了很多弯，蒯先生说声"到了"，我和陈鲁豫刚下车，就看到一位红衣女子迎过来。她就是蒯太太，本名杜美如，谁也无法想象她已经七十一岁高龄。

他们住在二层楼的一套老式公寓里，确实非常朴素，就像任何地方依旧在外忙碌的中国老人的住所。但抬头一看，到处悬挂着的书画都是大家名作。会客室里已安排了好几盘糕点，而斟出来的却是阿拉伯茶。

杜美如女士热情健谈，陈鲁豫叫她一声阿姨，她一高兴，话匣子就关不住了。她在上海出生，到二十岁才离开，我问她住在上海杜家哪一处房子里，她取出一张照片仔细指点，我一看，是现在上海锦江饭店贵宾楼第七层靠东边的那一套。正好陈鲁豫也出生在上海，于是三人交谈中就夹杂着大量上海话。我们感兴趣的，当然是早年她与父亲生活的一些情况。她感兴趣的，是五十年不讲的上海话今天可以死灰复燃，曼延半天。

以下是她的一些谈话片断，现在很多不了解杜月笙及其时代的读者很可能完全不懂，但我实在舍不得在地中海与两河流域之间的沙漠里，一个中国老妇人有关一个中国旧家庭的絮絮叨叨。

"我母亲一九二八年与父亲结婚。在结婚前，华格镍路的杜公馆里，已经有前楼姆妈沈太太、二楼姆妈陈太太、三楼姆妈孙太太，但只有前楼姆妈是正式结婚的，她找到还未结婚的我母亲说，二楼、三楼的那两位一直欺侮她，为了出气，她要把正式的名分作为一个礼物送给我母亲。我母亲那么年轻，又是名角，也讲究名分，一九三一年浦东高桥杜家祠堂建成，全市轰动，我母亲坚持一个原则，全家女眷拜祖宗时，由她领头。那年我两岁，我母亲生了四个，我最大，到台湾后，蒋家只承认杜家我们这一房。

父亲很严厉，我们小孩见他也要预约批准。见了面主要问读书，然后给五十块老法币。所以在我心目中他很抽象，不是父亲，父亲的教育职能由母亲承担，而母亲的抚育职能则由阿姨承担。后来到了中学，家里如果来了外国客人，父亲也会让我出来用英语致欢迎词。有时我在课堂上突然被叫走，是家里来了贵客，父亲要我去陪贵客的女儿。母亲一再对我说，千万不要倚仗父亲的名字，除了一个杜字，别的都没有太大关系，要不然以后怎么过日子？这话对我一辈子影响很大，我后来一再逃难、漂泊，即使做乞丐也挺得过去。

父亲越到后来越繁忙，每天要见很多很多客人。一九四九年五月十九日才急匆匆从上海坐船去香港，在船上已经可以看到解放军的行动。他还仔细地看了看黄浦江岸边的一家纺织厂，他母亲年轻时曾在那里做工。在香港他身体一直不好，因严重气喘需要输氧，但又不肯戴面罩，由我们举着氧气管朝他喷。母亲问他现在最希望的事是什么，他说希望阿冬过来说话。阿冬就是孟小冬，母亲就答应了。父亲要与孟小冬结婚，问我的想法，我说做女儿的是晚辈，管不着。后来他就与孟小冬结婚了。父亲去世后孟小冬只分到两万美元，孟小冬说，这怎么够……"

这种谈话，就像进入了一个廊庑深幽的迷宫，处处有故事，步步有典故，越说越有劲头，越听越有味道。但是，当我端起阿拉伯茶喝一口的时候，会猛然一醒，这是在哪儿？这样的故事怎么会流落到这么遥远的角落？但故事的讲述者，却是真正的主角。这种时空差异让我觉得不可思议，但是事实就是这么奇异地安排着。

我看了一眼陈鲁豫，心想这么年轻的她，居然成了这陌生天地中的陌生倾听者。

陈鲁豫以为我也嫌长了，便打断说，我们谈点愉快的吧，譬如，你们两人是怎么认识的？

这下两位老人都笑了，还是杜美如女士在说："那是一九五五年吧，已经到了该结婚的年龄，我们几个在台湾的上海籍女孩子到南部嘉义玩，参加了一个舞会，见到了他。但我是近视眼，又不敢戴眼镜，看不清。只听一位女伴悄悄告诉我，那位白脸最好。她又帮我去拉，一把拉错了，拉来一位正在跟自己太太跳舞的男人……当然我最后还是认识这位白脸了，见了几次面，他壮着胆到我母亲那里准备提婚。正支支吾吾，没想到母亲先开口，说看中了就结婚，别谈恋爱了。原来她暗地里做了调查……"

蒯先生终于插了一句话："我太太最大的优点，是能适应一切不好的处境，包括适应我。"

"是啊，"杜女士笑道，"我遭遇过一次重大车祸，骨头断了，多处流血，但最后发现，脸上受伤的地方成了一个大酒窝！"我一看，果然，这个"酒窝"不太自然地在她爽朗的笑声中抖动。

她五十多年没回上海了，目前也没有回去的计划。不回去的原因，却是用地道的上海话说出来的："住勒此地勿厌气。""厌气"二字，很难翻译。

她说，心中只剩下了两件事。一是夫妻俩都已年逾古稀，中华餐厅交给谁？他们的儿女对此完全没有兴趣；二是只想为儿子找一个中国妻子，最好是上海的，却不知从何选择。她把第二件事，郑重地托付给我。

我看着这对突然严肃起来的老夫妻，心想，他们其实也有很多烦心事，只不过长期奉行了一条原则：把一切伤痕都当作酒窝。

祝他们长寿，也祝约旦的中华餐厅能够多开几年。

一九九九年十一月五日，安曼，

夜宿 Arwad 旅馆

文字外的文明

从安曼向南走，二百公里都是枯燥的沙地和沙丘，令人厌倦。突然，远处有一种紫褐色的巨大怪物，像是一团团向天沸腾的涌泉，滚滚蒸气还在上面缭绕。但这只是比喻，涌泉早已凝固，成了山脉，缭绕的蒸气是山顶云彩。人们说，这就是佩特拉（Petra）。

十九世纪，一位研究阿拉伯文明的瑞士学者从古书上看到，在这辽阔的沙漠里有一座"玫瑰色的城堡"。他想，这座城堡应该有一些遗迹吧，哪怕是一些玫瑰色的碎石？他经过整整九年的寻找，发现了这个地方。

山口有一道裂缝，深不见底。一步踏入，只见两边的峭壁齐齐地让开七八米左右，形成一条弯曲而又平整的甬道。

高处窄窄的天，脚下窄窄的道，形成两条平行线。两边紧贴的峭壁，有的做刀切状，有的做淋挂状，全部都是玫瑰红。中间掺一些赭色的纹、白色的波，一路明艳，一路喜气，款款曼曼地舒展进去。

甬道的终点，是凿在崖壁上的一座罗马式宫殿。这座宫殿，出现在这个地方，几乎每个旅行者都会跫然停步，惊叫一声。底层十余米高的六个圆柱，几乎没有任何缺损。进入门厅，有台阶通达正门，两边又有

104

侧门，门框门楣的雕刻也十分完好。

门厅两边是高大的骑士浮雕，人和马都呈现为一种简练饱满的写意风格。二层是三组高大的亭柱雕刻，中间一组为圆形，共有九尊罗马式神像浮雕。

宫殿的整体风格是精致、高雅、堂皇，集中了欧洲贵族的审美追求，而二层的圆形亭柱和一层的写意浮雕又有鲜明的东方风格。

这座宫殿，你甚至不愿意把它当作遗迹。它的齐整程度，就像现代刚刚建成的一座古典建筑。但现代哪有这般奢侈，敢用一色玫瑰红的原石筑造宫殿，而且是凿山而建！

这座宫殿被称之为"法老宝库"。再走一段路，还能看到一座完好的罗马竞技场，所有的观众席都是凿山而成，环抱成精确的半圆形。竞技场对面，是大量华贵的欧洲气派的皇家陵墓。此外，玫瑰色的山崖间洞窟处处，每一个洞窟都有精美设计。

站在底下举头四顾，立即就能得出结论，这是一个梦幻般的城郭所在。这个城郭被崇山包裹，只有一两条山缝隐秘相通。这里干燥、通风，又有泉眼，我想古代任何一个部落只要一脚踏入，都会把这里当作最安全舒适的城寨。

佩特拉如此美丽神奇，却缺少文字。也许，该有的文字还在哪个没被发现的石窟中藏着。因此，我们对它的历史，也只能猜测和想象。

一般认为，它大约是公元前五世纪以后那巴特人（Nabataean）的庇护地，他们是游牧的阿拉伯人中的一支，从北方过来，在这里建立了厄多姆王国。因此这个隐蔽的地方也曾热闹非凡，过往客商争相在曲折的甬道进进出出，把它当作驿站。公元前一世纪，这儿的繁荣远近闻名。公元一〇六年，它进入罗马人的势力范围，因此打上了深深的罗马印记。

但是，大约到公元三世纪，它渐渐变得冷清；到公元七世纪，它几乎已经死寂。究其原因，一说是过往客商已经开辟新路，此处不再成为交通驿站；二说是遇到两次地震，滚滚下倾的山石使人们不敢再在这里居住。

总之，它彻底地逃离了文明的视线。差不多有一千年时间，精美绝伦的玫瑰红宫殿和罗马竞技场不再有人记得。但是，它们都还完好无损地存在着，只与清风明月为伴。

只有一些游牧四处的贝都因人（Bedouins）在这里栖息，我不知道他们面对这些壮丽遗迹时做何感想。他们的后代也许以为，天地间本来就应该有这么华美的厅堂玉阶，供他们住宿。那么，他们如果不小心游牧到巴黎，也会发出"不过尔尔"之叹。

站在佩特拉的山谷中我一直在想：我们一路探访的，大多是名垂史册的显形文明，而佩特拉却提供了另一种让历史学家张口结舌的文明形态。这样的形态，在人类发展史上应该比显形文明更多吧？

知道有王国存在过，却完全不知道存在的时间和原因，更不知道统治者的姓名和履历；估计发生过战争，却连双方的归属和胜败也一无所知；目睹有精美建筑，却无法判断它们的主人和用途……

人们对文明史的认识，大多停留在文字记载上。这也难怪，因为人们认知各种复杂现象时总会有一种简单化、明确化的欲望，尤其在课堂和课本中更是这样。所以，取消弱势文明、异态文明、隐蔽文明，几乎成了一种普遍的社会心理习惯。这种心理习惯的恶果，就是用几个既定的概念，对古今文明现象定框划线、削足适履，伤害了文明生态的多元性和天然性。

为了追求有序而走向无序，为了规整文明而损伤文明，这是我们常见的恶果。更常见的是，很多人文学科一直在为这种恶果推波助澜。

佩特拉以它惊人的美丽，对此提出了否定。它说，人类有比常识更长的历史、更多的活法、更险恶的遭遇、更寂寞的辉煌。

一九九九年十一月六日，约旦佩特拉，
夜宿 Silk Road 旅馆

告别妻子

在佩特拉，我们这个队伍要有一次人员轮换，有一半人要从这里直接去安曼机场回国，接替人员昨天已经来到。我妻子也要在今天离开。

行程太长，分批轮换是必须的。更何况，往前走要进入伊拉克，一个更险峻的阶段就要开始了，这里应该划一个段落。我妻子当初同意我参加这次历险，有一个条件，那就是在最危险地段让她陪着我。但这事我预先与王纪言台长有一个偷偷的约定，那就是到了真正危险的地段就让她离开，她并不知道。

本来伊拉克就一直不批准我们进去，因为他们严厉禁止去过以色列的人进入，如果有谁胆敢破例，多半会被关进监狱。幸好我们这里遇到一位旅游公司的老先生，答应我们向他支付较高的费用后，利用他的私人关系走通伊拉克驻约旦大使馆。只不过我们必须在一切行李物品上撕去希伯来文的标记，签证时只说去过埃及和约旦。当然，如果遇到麻烦，全由我们自己承受，他完全不负责任。

如果能够通过老先生把手续办下来，我们面临的是一段极艰苦的行程。第一天的驾驶距离就是一千二百公里，大概要连续不休息地行驶二十个小时，中间没有任何落脚地。老先生警告说，巴格达食品严重匮乏，除了勉强在旅馆包餐，不要指望在大街上购买到食品。伊拉克之后的行程，更是险情重重。

我们正在佩特拉崎岖的山道口讨论着行程，突然一辆吉普车驶来，说由于种种原因，告别的时间提前，要离开的几位现在就去机场。

告别是一件让人脆弱的事情。原来说说笑笑遮盖着，突然提前几个小时，加上告别的地方不是机场或旅馆门口，而是在探访现场，立即感受到一种被活生生拉扯开来的疼痛。妻子一下子泪流满面，几个要离开的大汉都泣不成声，引得大家都受不住。

我理解妻子的心情，她实在不放心我走伊拉克、伊朗、巴基斯坦、印度、尼泊尔这充满未知的艰险长途，这几天来一直在一遍遍收拾行李，一次次细细叮嘱。她很想继续陪着我，但不知如何向香港总部争取。而且她已经发现，在这样的路上遇到艰险，妻子的照顾不解决问题。

其实她流泪还有更深的原因。这次她从开罗、卢克索、西奈沙漠、耶路撒冷、巴勒斯坦一路过来，一直在与我讨论着各种文明的兴衰玄机，她心中的文化概念突然变得鸿蒙而苍凉，这与她平时的工作形成巨大的反差。她和我一样，本来只想与世无争地做点自己和别人都喜欢的事情，无奈广大观众和读者的偏爱引发了同行间的无数麻烦。谣言、诽谤、攻击接连不断，几乎已经无法继续工作。我们都想在新世纪来到之时一躲了之或一走了之，但在异邦文明的废墟前，心情变得特别复杂。

我们一路上都在其他文明的废墟上赞扬中华文明，但赞扬几句就会语塞，因为我们现实的文化处境也应该算是中华文明的一部分。它，怎么那样容不下如此热爱它的我们？她先回去，遇到的也是这个环境。为此，她宁肯让我在国外多停留一阵。

载着妻子离开的车子走远了。我们还要用车轮一步步度量人类古文明的伤心地，然后才能回国。不管回国会遇到什么，那毕竟是我们的祖国。

我正在出神，山道口出现了一个中国女子。她和她的挪威丈夫在一起，一见到这队印着中国字的吉普，立即走了过来。当她知道，我们将横穿几个文明古国，一路返回中国，眼圈就红了，转身与丈夫耳语一阵，便对我们说："我们想开着车跟着你们，一起走完以后的路程，有可能吗？"回答说不可能，她便悻悻离去了。

这时，我突然想对已经远去的妻子说，我们还是不要太在意。来自狭隘空间的骚扰，不应该只在狭隘空间里面对。我们的遭遇也许只是属于转型期的一种奇特生态，需要在更大的时空中开释和舒展。

我们早就约定，二十一世纪要有一种新的活法。但是，不管我们的名字最终失踪于何处，我们心中有关中华文明的宏大感受，却不会遗落。

在佩特拉山口我站了很久，看着远处的烟尘和云天，心中默念着一句告别时怎么也不敢说出口的话：妻子，但愿我们此生还能见面。

一九九九年十一月七日，约旦佩特拉，
夜宿 Silk Road 旅馆

110

人生的最后智慧

本来，现代政治人物不是我这次寻访的对象，但到约旦之后，觉得需要破例了。

几乎所有的人都用最虔诚的语言在怀念他。我们队伍里有一位小姐，在一家礼品商店买了一枚他的像章别在胸前，只想作一个小小的纪念，没想到被一位保护我们的警察看见。这位高个子的年轻人感动得不知怎么才好，立即从帽子上取下警徽送给小姐。一是感谢中国小姐尊重他们的伟人，二是要用自己的警徽来保卫国王的像章。

他们说，当国王病危从美国飞回祖国时，医院门口有几万普通群众在迎接。天正下雨，却没有一个人打伞。

他出殡那天，很多国家的领袖纷纷赶来。美国的现任总统和几任退休总统都来了，病重的叶利钦也勉力赶来。天又下雨，没有一个外国元首用伞。

出殡之后，整整四十天举国哀悼。电视台取消一切节目，全部诵读《可兰经》，为他祈祷。

人们尊敬他是有道理的。约旦区区小国，在复杂多变的中东地面，只能在夹缝中求生存。谁的脸色都要看，谁的嗓音都要听，要硬没有资本，要软何以立身，真是千难万难。

大国有大国的难处，但小国更有太多的旦夕之忧。侯赛因国王明白这一点，多年来运用柔性的政治手腕，不固执、不偏窄、不极端、不抱团、不胶粘，反应灵敏，处世圆熟，把四周的关系调理得十分匀当。可以说他"长袖善舞"，但人们渐渐看清，他的一切动作真诚地指向和平的进程和人民的安康，因此已成为这个地区的理性平衡器。

这种角色可以做小也可以做大，他凭着自己的教育背景和交际能力，使这种角色一次次走到国际舞台中央。结果，尽管世界各国对这一地区深深皱眉，而他与约旦，反倒成了一条渡桥。这使他由弱小而变得重要，因重要而获得援助，因援助而变得安全。

我曾两次登上安曼市中心的古城堡四下鸟瞰，也曾北行到杰拉西（Jerash）去参观著名的罗马广场，知道这个国家在立国之前，一直是外部势力潮来潮去的通道。山谷间小小的君主，必须练就一身技巧才能勉强地保境安民。侯赛因国王，正是这种方土智慧在现代的集大成者。如果要评选二十世纪以来小国家的大政治家，他一定可以名列前茅。

很早以前我们还不知道约旦在哪里，却已经在国际新闻广播中听熟了"约旦国王侯赛因"。这个专用名词几乎成为一个现代国际关系的术语，含义远超某一个国家某一个人。这，使我一定要去拜谒他的陵墓。

陵墓在王宫里边。但王宫不是古迹而是真实的元首办公地，因而要通过层层禁卫。终于到了一堵院墙前，进门见一所白屋，不大，又朴素，觉得不应该是侯赛因陵墓，也许是一个门楼或警卫处？一问，是侯赛因祖父老国王的陵寝。屋内一具白石棺，覆盖着绣有《可兰经》字句的布幔，屋角木架上有两本《可兰经》，其他什么也没有了。蹑手蹑脚地走出，询问侯赛因自己的陵墓在哪里。我是做好了以最虔诚的步履攀缘百级台阶、以最恭敬的目光面对肃穆仪仗的准备的。但是，不敢相信的事情发生了——

就在他祖父陵寝的门外空地上，有一方仅仅两平方米的沙土，围了一小圈白石，上支一个布篷，没有任何人看管。领路人说，这就是侯赛因国王的陵寝。

我呆住了，长时间地盯着领路人的眼睛，等待他说刚才是开玩笑。当确知不是玩笑后，又问是不是临时的，回答又是否定。于是，只得轻步向前。

沙土仅是沙土，一根草也没有，面积只是一人躺下的尺寸。代替警卫的，是几根细木条上拉着的一条细绳。最惊人的是没有墓碑和墓志铭。整个陵墓不着一字，如同不着一色，不设一阶，不筑一亭，不守一兵。

我想这件事不能用"艰苦朴素"来解释。侯赛因国王生前并不拒绝豪华，却让生命的终点归于素净和清真。我一直认为，如何处理自己的墓葬，体现一代雄主的最后智慧。侯赛因国王没有放弃这种智慧，用一种清晰而幽默的方式，对自己的信仰作了一个总结。

这次陪我们去的，有一位在约旦大学攻读伊斯兰教的中国学生马学海先生。他说，我们立正，向他祈祷吧。我们就站在那方沙土跟前，两手在胸口向上端着，听小马用阿拉伯文诵读了《可兰经》的开端篇。

一九九九年十一月八日，回安曼，
仍宿 Arwad 旅馆

伊拉克

◎

我的大河

终于要进入伊拉克了。

很多让人惊慌的劝说这几天不绝于耳,在安曼遇到的一切人,不管是中国人、约旦人还是别的国家的人都反对我们进去。中华餐厅的蒯老先生更是出现了恳求的声调:"要做文化考察,能不能局势好一点再过去啊?"

我们横下一条心,即使遇到再恼火的事情也不露出丝毫不耐烦的神色。设想着打开每一个箱子,撕破每一个包装,任何物件都被反复搓捏,任何细节都被反复盘问的情景。心想,这是我们自己找来的,忍一忍、熬一熬,始终微笑以对,大概没有过不去的事。

但是没有想到,我们遭遇远远超过一切预计——暂且按下不表吧,我写的这个日记在海内外很多报纸同步发表,不能由于我笔下不小心给全队这些天的活动带来麻烦,我想广大读者是能理解的。

在边防站的铁丝网前,我实在看不懂眼下发生的一切,只能抬起头来看天。今天早晨我们四时出发,在约旦境内看到太阳从沙海里升起,看着它渐渐辉耀于头顶,又在我们的百无聊赖中移向西边,终于,在满天凄艳的血红中沉落于沙漠。就在这一刻,我怦然心动,觉得这凄艳的血红,一定是这片土地最稳固的遗留。

一次次辉煌和一次次败落，都有这个背景，都有像我一般的荒漠伫立者。他们眼中看到的，是晚霞中的万千金顶，还是夕阳下的尸横遍野？

我今天没有看到这一些，只看到在肮脏和琐碎中，不把时间当时间，不把尊严当尊严。想想也是，这片最古老的土地，对于人间尊卑，早已疲顿得不值一谈。

直到黑夜，才勉强同意进关。这时，我们面临的是六百公里的沙漠，唯一的一条公路就是国际上非常著名的"死亡公路"。不知有多少可怕的车祸在这条公路上发生，不止一国的大使在这里丧命。我们没有其他选择，只能饿着肚子拼命赶路。

沿途除了一个加油站之外，其他什么也没有，却听说劫匪经常在这一带出没。路上有一辆神秘的小车紧随我们的车队，我们快它也快，我们慢它也慢，我们故意停在一边让它超车它又不超，这在此地实在算是一个险情，不管是警是匪都十分麻烦。但是不知为什么它始终没有任何行动，车队终于在凌晨赶到了巴格达。

这是一个有着宽阔街道的破旧城市。路上没有人，亮着惨白的路灯，却没有从屋子窗口泛出的灯光。也许是因为我们到得太晚，或太早。

就在这种沉寂中，眼前出现了一条灰亮的大河。

自从我们告别尼罗河之后，再也没有见到如此平静又充沛的大河。底格里斯河！我们终于醒悟，一切小学地理课本的开头都是它，全人类文明的母亲河。我轻轻叫一声：您早，我的大河！

我们走那么远的路，都在寻找。在西方文明的摇篮希腊，我们看到了希腊受埃及滋养的明显证据，为此，还特地到了滋养的中转地克里特岛。然后我们追根溯源来到埃及，但在一次次惊叹后也越来越明白，埃及不是起点，滋养埃及的是两河流域的美索不达米亚（Mesopotamia）

文明。美索不达米亚的含义，就是两河平原。考古学者们一次次发现，对埃及的古代语言追索越早，就越接近于两河文明。两河，从公元前一千年再往前推，至少有三千年左右的时间，一直是早期人类文明的一个重心。而且，是重心中的重心。

两河，底格里斯河和幼发拉底河，如此紧密地靠在一起，几乎大半个世界都接受过它们的文明浸润。因此，各种语言都无数遍地重复着这两个并不太好读的名字。我现在终于看到了，在一个死寂的凌晨，在一种难以言表的彻骨疲惫中，在完全不知明天遭遇的惶恐里。

但是，一旦看到，一切都变了。谢谢您，我的大河。

一九九九年十一月九日，伊拉克巴格达，

夜宿 Dar Al-Salam 旅馆

118

如何下脚

临时找了一家号称四星级的旅馆住下，但全队每一个人很快得出了一个共同的结论，这是平生住过的最差旅馆，包括尚未改革开放的中国大陆在内。

一个旅馆破旧、简陋、没有设备，都可忍受，但应该比较干净，谁想这个旅馆凡是手要接触的地方都是油腻。束手敛袖不去碰，满屋又充斥着一种强烈的异味。不是臭，而是一种闷久了的膻味加添了丝丝甜俗而变成的呛鼻刺激，让人快速反胃。好在，我们已经十几个小时没有任何东西下肚了。我长时间站在仅可一人容身的小窗台上，不敢进屋。

必须搬，但不知道还有没有稍稍像样一点的旅馆。突然想到，联合国秘书长安南来伊拉克调解时住的是一家叫拉希德（Rasheed）的旅馆，世界各国记者也住在那里，在国际新闻中经常提起，应该不会太差。于是，我们的车队好不容易挣脱一双双乞讨的小手，去寻找拉希德。

果然不坏。但是刚要进大堂，发现门口水磨石地下镶嵌着一幅美国前总统老布什的彩色漫画像，下有一行英文字："布什有罪。"

这幅画像做得很大，正好撑足一扇门，任何想进门的人都必须从布什先生的脸上踩过，很难避开。我对老布什的印象不错，前些天还在ABC电视中听他谈回忆录出版和儿子竞选。因此，很想躲开他脸部最敏感的部位，小心翼翼从他肩上踩过去。但还是碰到了他的耳朵，真是抱歉。

不知安南秘书长经过这里时，是如何下脚的。

住下了，总要换一些钱，顺便打听一下本地的消费情况，结果令人吃惊。

这儿的货币叫第纳尔（Dinar），原先一个第纳尔可兑换三个多美元，现在官方宣布的比价也不低，但实际上，已贬值到一千九百第纳尔兑换一美元，也就是说，一元人民币可以换到二百四十个第纳尔。

我调查了一下，这儿一个工人的月薪是七百五十第纳尔；一个中学教师的月薪是三千第纳尔，相当于一个半美元；一个局长的月薪相当于五美元，一个政府部长的月薪相当于十美元。那就是说，除了政府配给的粮食，他们很难到商店里购买任何东西了。例如，苹果是一千五百第纳尔一公斤，相当于一个中学教师半个月的薪水。中国产的普通铅笔，每支七百五十第纳尔，正好等同一个工人的月薪，而一个中学教师的全部月薪可购买四支，这也是多数儿童失学的重要原因。

更离谱的是，在我们所住的旅馆小卖部，不包含邮资的明信片每张一千第纳尔，而一本普通的旅游画册居然高达四万第纳尔，等于中学教师全年的薪金。市场，是为外国旅游者和暴富的走私者开着，但又有多少外国旅游者呢。

让我们这个车队感到兴奋的是，汽油的价格低廉得难以置信，只需五十第纳尔一公斤，也就是一元人民币可灌足五公斤，而且是高质量的好油。由此想到，这个国家只要在比较正常的情况下实在没有理由贫困。我在一本国际地理书籍中读到过这样一个断语："巴格达，简直是浮在油海上的一个岛。"更何况，两河流域依然水草丰美，鱼肥羊壮。如果说，这点水草曾经大大地润泽了历史，那么，浩瀚的油海能给两千万人民带来何等的富强！

但是，极度辉煌的古代文明和极度优越的自然条件，在这儿全都变成了反面文章。现在，连世界上最贫瘠地区的人们，也在深深同情着这个真正"富得冒油"的地方。

陈鲁豫到街上走了大半天，回来告诉我，这儿的人们已经度过了疑问期、愤怒期和抱怨期，似乎一切都已适应，以为人生本该如此。

我自言自语："不知有没有思考者？"鲁豫说："大概很少，甚至没有，这就是为什么我在街上逗留了不长时间就十分沮丧。"

文明的传统竟然那样脆弱，大家似乎成了另一种人，再也变不回去。

城中最高的塔楼上有旋转餐厅，可吃到底格里斯河的烤鱼和烤全羊，摆设也上规格。吃一顿的价格是二十美元，即相当于一个政府部长两个月的全部薪水。

这座塔楼以萨达姆总统的名字命名，海湾战争中被炸毁，立即重新建造，比原来的更高、更豪华。在塔楼旋转餐厅上往下看，灯光最亮的地方是刚刚落成的又一座总统府。在塔楼底下，有一座巨大的萨达姆全身站立铜像。在他脚边，是一些爆炸物的残骸，又夹杂着科威特领导人、撒切尔夫人等等的白铁铸像，老布什当然也位列其中，可惜琐小得全成了铺路的渣滓，等待着巨脚的踩踏。

一九九九年十一月十日，伊拉克巴格达，

夜宿 Rasheed 旅馆

一屋悲怆

一直处于战争阴云下的伊拉克，古迹的保存情况如何？我很想去看一下他们的国家博物馆。

博物馆在地图上标得很醒目，走去一看，只见两个持枪士兵把门，门内荒草离离。上前打听，说是九年来从未开放过。所有展品为防轰炸，都曾经装箱转移，现在为了迎接新世纪，准备重新开放，已整理出一个厅。能否让我们成为首批参观者，必须等一位负责人到来后再决定。

于是，我们就坐在路边的石阶上耐心等待。

院中前方有一尊塑像，好像是一个历史人物，但荒草太深我走不过去，只能猜测他也许是汉谟拉比（Hammurape），也许是尼布甲尼撒（Nebuchadnezzar），我想不应该是第三个人。这么一想，我站起身来，趁着等待的闲暇搜罗一下自己心中有关两河文明的片断印象。

现在国际学术界都知道的"楔形文字"，证明早在六千多年前，两河下游已有令人瞩目的古文明。但是，大家在习惯上还是愿意再把时间往后推两千多年，从巴比伦王国说起。

不管怎么说，两河文明比中华文明年长很多。太遥远的事我们也顾不过来了，不如取其一段，把两河文明精缩为巴比伦文明。

范畴一精缩,我也就有可能捕捉心中对巴比伦文明最粗浅的印象了。约略是三个方面:一部早熟的法典,一种骇人的残暴,一些奇异的建筑。

先说法典。谁都知道我是在说《汉谟拉比法典》。我猜测博物馆院子里雕像的第一人选为汉谟拉比,正是由于他早在四千多年前就制定了这部完整的法典。法典刻在一个扁圆石柱上,现藏法国巴黎卢浮宫。卢浮宫的藏品实在太多,我去两次都没有绕到展出法典的大厅。倒是读过一些法律史方面的学术著述,依稀知道这部法典包含近三百项条款,在阶级歧视的前提下制定了"以牙还牙"的同等量复仇法,保障了商业利益和社会福利。重要的是,这个法典还在结语中规定了法律的使命。那就是保证社会安定、政治清明、强不凌弱、各得其所,以正义的名义审判案件,使受害者获得公正与平静。想想吧,早在四千多年前就如此明确地触摸到了人类需要法律的最根本理由,真是令人钦佩和吃惊。联想到这片最早进入法治文明的土地,四千年后仍然无法阻止明目张胆的非法行为,真不知脾气急躁的汉谟拉比会不会饮泣九泉。

顺着说说残暴。巴比伦文明一直裹卷着十倍于自身的残暴,许多历史材料不忍卒读。我手边有一份材料记录了亚述一个国王的自述,最没有血腥气了,但读起来仍然让人毛骨悚然:

经过一个多月的行军,我摧毁了埃兰全境。

我在那里的土壤里撒上了盐和荆棘的种子,然后把男女老幼和牲畜全部带走。于是,那里转眼间不再有人声欢笑,只有野兽和荒草。

这里所说的"带走"的人,少数为奴,多数被杀。但我觉得最恐怖的举动还是在土地上撒上盐和荆棘的种子。这是阻止文明再现,而这位国王叙述得那么平静，那么自得。我认为，这种残暴传统，倒是在这片土地上继承下来了，实在让人叹息。

再说说建筑。建筑，在巴比伦王国的时候应该已经十分了得，但缺少详细描述，而到了后巴比伦王国的尼布甲尼撒时代，巴比伦城的建筑肯定是世界一流。古希腊历史学家希罗多德在一百多年后考察巴比伦时还亲睹其宏伟，并写入他的著作。建筑中最著名的似乎是那个"空中花园"，用柱群搭建起多层园圃结构，配以精巧的灌溉抽水系统，很早就被称为世界级景观。但是，我对这类建筑兴趣不大，觉得技巧过甚，奢侈过度，总非文明演进的正常形态。

当然，巴比伦文明还向人类贡献了天文学、数学、医药学方面的早期成果，无法一一细述。可以确证的是，法典老了，血泊干了，花园坍了。此后两千多年，波斯人来了，马其顿人来了，阿拉伯人来了，蒙古人来了，土耳其人来了……谁都想在这里重新开创自己的历史，因此都不把巴比伦文明当一回事。只有一些偶然的遗落物，供后世的考古学家拿着放大镜细细寻找。

想到这里，博物馆的负责人来了，允许我们参观。我们进入的是刚布置完毕的伊斯兰厅，对两河文明来说实在太晚了一点。一眼看去，所展物件稀少而简陋，我走了一圈就离开了。一路上看到走廊边很多房间在开会，却没有在新世纪来临之际开馆的确实迹象。

我很难过，心想，这家博物馆究竟收藏了些什么？分明是一屋的空缺，一屋的悲怆，一屋的遗忘。

一九九九年十一月十一日，
巴格达，夜宿 Rasheed 旅馆

奇怪的巴比伦

今天去巴比伦。

光这六个字，就有童话般的趾高气扬。

这里所说的巴比伦，也就是巴比伦王国的首都遗址，在巴格达南方九十公里处。一路平直，草树茂盛。当民居渐渐退去，一层层铁丝网多了起来，它就到了。

一个古迹由这么多铁丝网包围，让人有点纳闷，也许是为了严密保护遗产吧。但到古城门那儿一看，却没有卫兵，进出十分随便，这就更奇怪了。

古城门是一座蓝釉敷面、刻有很多动物图形的牌坊式建筑，我们以前在各种画册中早就见到过。这个城门叫伊什塔（Ishtar）女神门，原件整个儿收藏在德国贝加蒙博物馆。这是一个仿制品，但仿制得太新，又太粗糙。

进门有一个干净的小广场，墙上有一些现代的油彩画，画了巴比伦王国的几个历史场面。画只是画，相关的实物大多在外国博物馆。

从小广场右拐即可看见一条道路，是巴比伦王国的仪仗大道。道路现在用铁栏围着，不能进入，中间地面上有斑驳状的一片片黑块，这是当年的沥青路。

浮在油海上的巴比伦古城一定会燃油取火，这可以想象，但居然已经用沥青铺路，则没有想到。据说这个路面后世曾有无数次的修补、增层，但是后加的一切均已朽腐，只有最早的沥青留存至今。

巴比伦古城除了这段路面，一条刻有动物图像的通道，一座破损的雄狮雕塑以及几处屋基塔基，其他什么也没有了。亚述人占领时，曾经破堤泄放幼发拉底河的水把整个城市淹没。以后一次次的战争，都以对巴比伦的彻底破坏作为一个句号。结果，真正留下的只有一条路，搬不走、烧不毁、淹不倒。失败者由此逃奔，胜利者由此进入。这老年的沥青，成了巴比伦文明唯一的见证。

现在，在这仪仗大道和其他遗迹四周，已经矗立起许多高墙和拱门，是根据考古学家们的猜测刚刚建造的，新崭崭的十分整齐。但是走近一看，也仅止于高墙和拱门。脚下仍是泥沙，头上没有屋顶，墙内空无一物，任凭荒草丛生。有标牌写着，这儿是北宫，那儿是南宫，转弯是夏宫，但从气味判断，这由一堵堵新墙围拦着的荒地，已成为游人们的临时厕所。

记得很多年前听说北京圆明园要复原，我急忙写了一篇文章论述废墟之美，该文后来还被收入中学语文课本，但好像并没有什么人听我的呼吁。我坚持认为，对于那些重要的遗迹，万不可铲平了重新建造。人们要叩拜的是满脸皱纹的老祖母，或者是她的坟墓，怎么可以找一个略似祖母年轻时代的农村女孩坐在那里，当作老祖母在供奉。

相比之下，圆明园毕竟只是年岁不大的一组建筑罢了，而几千年前的巴比伦古城如此"复原"，实在叫人不知说什么好。

忽然，我见到城墙砖上有些异样，从刻写方式看，是一些"楔形文字"。"楔形文字"是人类最早的文字，十九世纪被发现后几乎改写了文明源流的历史。难道，"复原"当局把几块古物镶嵌在城墙中？我连忙拉来一位先生动问，原来，这种用最原始的方式刻写的文字，是阿拉伯文，文句为："感谢伟大领袖萨达姆于一九八二年复原巴比伦古城。"一连写了很多遍。

紧靠着"复原"的城墙不远处有一个丘陵，丘陵顶部有一座庞大的现代城堡，俯瞰着整个巴比伦古城遗址。正想拍照，立即有人过来阻止，因为这是总统府。总统府我们这两天在巴格达城中已见过两处，其中一处光从围墙看就巨大无比，这是第三处。据有幸进去参观过的记者顾正龙先生告诉我，豪华不下于卢浮宫，只不过墙上挂的画没有什么艺术价值。

由此我猛然醒悟，为什么巴比伦古城遗址前会有那么多铁丝网。

一九九九年十一月十二日，

巴格达，夜宿 Rasheed 旅馆

你们的祖先

从"复原"了的巴比伦古城回来，大家一路无话，而我则一直想着"楔形文字"。从城墙上见到的现代赝品，联想到几千年前当地古人的真正刻写。感谢考古学家们在破译"楔形文字"上所做的努力，使我们知道在这种泥板刻写中，还有真正的诗句。

这些诗句表明，这片土地在几千年之前，就已经以离乱为主题。例如，无名诗人们经常在寻找自己的女神：

啊，我们的女神，
你何时能回到这荒凉的故土？

女神也有回答：

他追逐我，
我像只小鸟逃离神殿；
他追逐我，
我像只小鸟逃离城市。
唉，我的故乡，

已经离我太远太远！

　　这是几千年来一直从这里发出的柔弱声音。

　　顺着这番古老的诗情，我们决定，今天一定要找一所小学和一所儿童医院看看。

　　很快如愿以偿，因为这里的当局很愿意用这种方式，向外界控诉对他们的轰炸、包围和禁运。

　　孩子总是让人心动。

　　我们走进巴格达一家据称最好的小学的教室，孩子们在教师的带领下齐呼："打倒美国！反对禁运！不准伤害我们！萨达姆总统万岁！"呼喊完毕，两手抱胸而坐，与我们小时候在教室里两手放到背后的坐姿不一样。孩子们多数脸色不好，很拘谨地睁着深深的大眼睛看着我们，毫无笑容。

　　孩子们的课本用塑料纸包着，但里边有很多破页。老师在一旁解释说，课本的破页不是这个孩子造成的，由于禁运，没有纸张，课本只能一个年级用完了交给下一个年级用，不知转了多少孩子的手。你看破成这个样子，还只能珍惜。

　　这种细节让人心酸，立即想起在约旦时听一位老人说，见到伊拉克孩子最好送一点小文具。我们倒真是买了一些，赶快取出，每人发点铅笔、橡皮、卷笔刀之类。小小的东西塞在一双双软绵绵的小手上，真后悔带得太少。

　　到操场一看，一个班级在上体育课，女孩子跳绳，男孩子踢球。我走到男孩子那边捡起球往地下一拍，竟然完全没有弹力，原来是一个裂了缝的硬塑料球。老师说，这样的破球全校还剩下三个，踢不了多久。

我们知道，这是最好的学校。其他学校会是什么情景，不得而知。在伊拉克，失学儿童的比例绝对不是一个小数字。问过这里的官员，回答是没有失学儿童，只有少数中途退学。这话显然与事实相反，只要大白天向任何一个街口望一眼就知道。

我们离开小学的时候，就在门口见到两个男孩推着很大的平板车经过。连忙把他们拦住，一问，是兄弟俩。哥哥十三岁，大大方方地停下来回答问题，弟弟则去把两辆平板车拉在路边。

这个哥哥头发微卷，脸色黝黑，眼神腼腆而又成熟，一看就知道已经承受了很重的生活担子。问他为什么不读书，他平静地说，父亲死于战争，家里还有母亲和妹妹。

我从口袋里摸出两支圆珠笔，塞在兄弟俩的手上，想说句什么，终于没有开口。是的，孩子，你们可能都不识字，用不着圆珠笔，但你们知道不知道，你们的祖先是世界上最早发明文字的人。在你们拉车空闲时，哪怕像祖先刻写楔形文字一般画几笔吧。这番心意，来自你们东方那个发明了甲骨文的民族。

去儿童医院，心里更不好受。那么多病重的孩子，很多还是婴儿，等待着药品，而药品被禁运。病房的每张床上都坐着一个穿黑衣的母亲，毫无表情地抱着自己的孩子。鲁豫想打开话题，问一位母亲："这么小的孩子病成这样，你心里一定……"话没说完，这位母亲便泪如雨下，泣不成声。鲁豫想道歉，但自己也早已两眼含泪。

我们想给病房里的每位母亲留点钱，但刚摸出，就被医院负责人严词阻止。我只得走出病房，在走廊里徘徊。走廊里，贴着很多宣传画，都以儿童为题材。一幅的标题是："禁运杀害伊拉克儿童"；另一幅的标题是"记住"，画了一双婴儿的大眼。

我心中涌出了很多不同方向的话语，一时理不清楚——

我想说，许多国际惩罚，理由也许是正义的，但到最后，惩罚的真正承受者却是一大群最无辜的人。你们最想惩罚的人，仍然拥有国际顶级的财富。

国际惩罚固然能够造成一国经济混乱，但对一个极权国家来说，这种混乱反而更能养肥一个以权谋私的阶层。你们以为长时间的极度贫困能滋长人民对政权的反抗情绪吗？错了，事实就在眼前，人们在缺少选择自由的时候，什么都能适应，包括适应贫困；贫困的直接后果不是反抗，而是尊严的失落，而失落尊严的群体，更能接受极权统治。

有人也知道惩罚的最终承受者是人民，却以为人民的痛苦对统治者是一种心理惩罚。这也是一种一厢情愿的推理。鞭打儿子可以使父亲难过，但这里的统治者与人民的关系，并不是父亲和儿子，甚至也不是你们心目中的总统和选民。

当然，也想对另外一个方面说点话。你们号称当代雄狮，敢于抗争几十个国家的围攻，此间是非天下自有公论，暂不评说；只不过你们既然是堂堂男子汉，为什么总是把最可怜的儿童妇女推在前面做宣传，引起别人的怜悯？男子汉即便自己受苦也要掩护好儿童妇女，你们怎么正好相反？

以上这些，只是一个文人的感慨，无足轻重，想来在这个国家之外，不会有发表上的困难吧。

我想我有权发表这些感慨，以巴比伦文明朝拜者的身份。巴比伦与全世界有关，而眼前的一切，又都与巴比伦有关。

一九九九年十一月十三日，
巴格达，夜宿 Rasheed 旅馆

中国有茶吗

伊斯兰教什叶派有两个圣地在伊拉克，一是纳杰夫（Najaf），二是卡尔巴拉（Karbala）。很想去拜访，便选了稍近一点的卡尔巴拉，在巴格达西南约一百公里处。

伊斯兰教分为很多派别。最大的一派叫逊尼派，约占全世界穆斯林总数的百分之八十；其次是什叶派，主要分布在伊朗、伊拉克等地。这两派在选择先知穆罕默德接班人的问题上产生分裂，对峙至今已有漫长的历史，其间产生过很多仇仇相报的悲剧。卡尔巴拉就是其中一个悲剧的发生地，什叶派由此产生了对"殉教者"的永久性纪念。

我们过去对什叶派知之甚少，因为中国的穆斯林绝大多数是逊尼派。但是自从伊朗什叶派领袖霍梅尼领导了"伊斯兰革命"，继而又爆发两伊战争，不能不对什叶派关注起来。实际上，这是一个组织特别严密，热情特别高涨，斗志特别强健的派别，不可忽视。

卡尔巴拉市以两座清真寺为中心，其他建筑层层环绕，向边缘辐射。两寺都有闪光的金顶和圆柱形的塔楼，构成对称，中间是一个相间五百米左右的广场。与巴格达不一样，这里所有的妇女都包裹黑袍，几乎无一例外。这使我们车上的几位小姐突然紧张起来，赶紧下车找店铺购买黑袍，以免遭到意想不到的处罚。

辛丽丽小姐本来个子就小，被黑袍一裹就不知怎么回事了。鲁豫在背后声声呼叫："丽丽，是你吗？是你吗？"想把她从拥挤的黑袍群中认出来。丽丽双耳裹在里边，根本听不见，偶尔回头，还是看不到她的脸，只见一副滑到鼻尖的眼镜，从一圈黑布中脱颖而出。忽听眼镜下发出声音："黑袍让我安静极了，真好！"

我们先要去市政府，申请在卡尔巴拉活动。市政府大门上方有沙垒和机枪，两个士兵一直处于瞄准状态。我们在机枪下大约等了一个小时，申请被批准，便赶到一座清真寺，请求以非穆斯林的身份进入。答复是，考虑来自遥远的中国，可破例进入围墙大门，却不能进入寺内的礼拜堂。

这座清真寺建于公元七世纪，后经几次重修。进入大门，只见围墙内侧是一圈回廊，无数黑衣女子领着孩子坐在地毯上，神态安静。黑衣服背后，是碧蓝的彩釉高墙，高墙上方是金顶白云。这样的组合，对比强烈，真是好看。

伊斯兰的清真寺建筑，在美学上是一种由帐篷形态扩充的"沙漠文明"。你看，荒凉大漠的漂泊者在寻找栖息点的时候，需要从很远就看到高大而闪光的金顶，需要有保障安全的围墙，围墙之内，需要有阴凉的柱廊和充足的水源。中间的礼拜堂，不管多么富丽堂皇，都是帐篷结构的延伸。其实直到霍梅尼隐居巴黎郊区期间，还曾以一个真实的帐篷作为清真寺的礼拜堂。这种基本功能，使清真寺的建筑简洁、明快、实用，即便在图案上日趋繁丽也未能改变主干形态，为建筑美学提供了一个佳例。

我这一路过来，拜谒过埃及的萨拉丁城堡清真寺、耶路撒冷的岩石圆顶清真寺，还到约旦的皇家清真寺参加了一次完整的大礼拜，其他顺便参观一下的清真寺就更多了，大体上都保持着这种形态。但是相比之下，要数卡尔巴拉的这两座清真寺最符合"沙漠文明"旨意。其他清真寺，已经过于城市化了。

我们问了坐在回廊前地毯上的一家四口，是不是经常来这里。回答是每两个月来一次，就这样坐一天，念念《可兰经》，心境就会变得平静。

寄身于战云压顶的土地，他们都有各自不同的苦难，但在金顶下的院落里坐上一天，就觉得一切都可忍受了。然后，在夜色中，相扶相持回家。

他们很多来自外地，黑袍飘飘地要走过很长的沙地。

我们虽然未被批准进入礼拜堂，但两座清真寺的主管却一定要接见我们。什叶派在伊拉克没有当政，因此无法判断"主管"的宗教身份。他们的客厅都是银顶的，很宽敞，有高功率的空调，挂着好几幅总统像。

两位主管都很胖，精神健旺，抽着纸烟，会讲英语，讲话时不看我们，抬着头，语势滔滔。但他们没有谈宗教，一开口就讲国际政治，讲自己对总统的崇拜，官气飞扬。他们讲话的中心意思是，世界上最有文化的国家，一是伊拉克，二是中国，所以西方国家眼红，但被伊拉克顶住了。

这时有位老者端着盘子来上茶，用的是比拇指稍大一点的玻璃盅，也不见什么茶叶，只有几根茶梗沉在盅底。主管隆重地以手示意，要我们喝，顺便问了一句："你们中国，有茶吗？"

我们假装没有听见，把脸转向窗外的云天。

一九九九年十一月十四日，
伊拉克卡尔巴拉（Karbala），夜宿巴格达 Rasheed 旅馆

河畔烤鱼

底格里斯河，从第一天凌晨抵达时见到它，心里一直没有放下。已经来了那么多天，到了必须去认真拜访一下的时候了。

夜幕已降，两岸灯光不多，大河平静在黑暗中。没有汹涌，也看不到涟漪，只有轻轻闪动的波光。

我们走进一家几乎没有任何装饰的鱼餐馆，是河滩上的一个棚屋，简单得没有年代。

鱼是刚刚捕捉的，很大，近似中国的鲤鱼，当地人说，叫底格里斯鱼。有一个水槽，两个工人在熟练地剖洗。他们没有系围单，时不时把水淋淋的手在衣服上擦一下，搓一搓，再干。

棚屋中间是一个巨大的石火塘，圆形，高出地面两尺。火塘一半的边沿上，有一根根手指般粗的黑木棍，半圆形地撑着很多剖成半片的鱼，鱼皮朝外，横向，远远一看仿佛还在朝一个方向游着。

石火塘中间是几根粗壮的杏树木，已经燃起，火势很大，稍稍走近已觉得手脸炙热。杏树木没什么烟，只有热流晃动。那些横插着的鱼经热流笼罩，看上去更像在水波中舞动。

烤了一会儿，鱼的朝火面由白变黄，由黄转褐。工人们就把它们取下来，把刚才没有朝火的一面平放在火塘余烬中。不一会儿，有烟冒出，鱼的边角还燃起火苗，工人快速用铁叉平伸进去，把鱼取出，搁在一个方盘上，立即向顾客的餐桌走去。

有几条鱼的边角还在燃烧，工人便用黑黑的手把那些火捏灭，两三个动作做完，正好走到餐桌边。

餐桌边坐着的全是黑森森的大胡子，少数还戴着黑圈压住的花格头巾，就像阿拉法特。他们伸出粗粗的手指，直接去撕火烫的鱼，往嘴里送。

工人又送上一碟切开的柠檬和一碟生洋葱，食客用右手挤捏一块柠檬往鱼上滴汁，左手捞起几片洋葱在嘴里嚼。然后，几只手又同时伸向烤鱼，很快就把烤得焦黄的外层吃掉了。食客们稍稍休息一会儿，桌边有水烟架，燃着刺鼻的烟块，大胡子们拿过长长的烟管吸上几口，扑哧扑哧地。

烤鱼两边焦黄的部位又香又脆。很多食客积蓄多时来吃一顿，为的就是这一口。因此，吃烤鱼总是高潮在前，余下来的事情就是对付中间白花花的鱼肉了，动作节奏开始变得缓慢。中间的鱼肉是优是劣，主要是看脂肪含量，脂肪高的，显得滑嫩，脂肪少的，容易木钝，近似北京人说的"柴"。但是，"柴"的鱼肉容易成块，滑嫩一点的就很难用手指捞取，何况大胡子们的手指又是那样粗。

这就需要用面饼来裹了。伊拉克的面饼做得不错，但在这种鱼棚里是不会现摊面饼的，工人们从一个像行李袋一般大的破塑料包里取出一大叠早就摊好的薄面饼。其中有两个工人一失手把面饼全都洒落在油腻的泥地上，倒也没有人在意，便一张张捡起来，直接送上餐桌。

食客一笑，左手托薄饼，右手捞鱼肉，碎糊糊的捞不起，皱皱眉再慢慢捞，捞满一兜，夹几片洋葱，一裹，就进了嘴。在现今的伊拉克，这是一餐顶级的美食了。

我在石火塘前出了一会儿神，便坐在餐桌前吃了一点。旁边有位老人见我吃得太少，以为我怕烫，下不了手，便热情地走过来用手指捞了一团一团的鱼肉往我盘子里送，我一一应命吃下，但觉得再坐下去，不知要吃多少了，便站起身来向外溜达。棚外就是底格里斯河，我想，今天晚上的一切，几千年来不会有太大变化吧？

　　想起以前在哪本书里读到，早在公元六世纪，中国商船就曾从波斯湾进入两河，停泊在巴比伦城附近。

　　那么，中国商人也应该在河滩的石火塘前吃过烤鱼。吃了几口就举头凝思，悠悠地对比着故国江南蟹肥虾蹦时节的切脍功夫。

　　　　　　　　　　　　　　一九九九年十一月十五日，

　　　　　　　　　　　　　　巴格达，夜宿 Rasheed 旅馆

忽闪的眼睛

突然接到当地新闻官通知，今天是巴格达建城纪念日，有大型庆祝活动，如果我们想拍摄报道，可获批准。

我们问："萨达姆总统参加吗？"回答是："这个谁也不可能知道。如果来，你们真是太幸运了。"

那就去一下吧。

由新闻官带领，我们到了离市区很远的一个体育场。看台上已坐满观众，高官们正逐一来到，主要是穿军装的军官。

沿途士兵一见军官不断地做着用力顿脚的行礼动作，而军官们一下车则一一互相拥抱，用胡子嘴在对方的胡子脸上亲来亲去。他们的高级军官都太胖，但军装设计得很帅气，尤其是帽子，无论是大盖帽还是贝雷帽都引人注目。在花白头发上扣上一顶贝雷帽真是威武极了，连身体的肥胖都可原谅。

经过层层岗哨，我们这批人全被当作了拍摄记者，直接被放到了体育场中心表演场地上。

忽然看见主席台的贵宾席上有一位先生一边向我招手一边在一级级地往下挤，定睛一看，是中国驻伊拉克大使张维秋先生。张大使执意要我坐到贵宾席去，我则告诉他，在戒备森严的仪式中，我居然能在这么大的草地上自由自在地窜来窜去，求之不得。大使立即明白，笑了笑也就由我去了。

今天这么大的活动，外国媒体只有我们一家。几个伙伴穿着印有"凤凰卫视"字样的鲜红工作服，长长的摄像机往肩上一扛，反倒成了庆祝活动开始前全场最主要的景观。

忽听得山呼海啸般一阵欢呼，我以为萨达姆到了。转身一看，哪里啊，原来只是我们的摄像师向着这个方向拍摄，这个方向的观众兴奋了。那边又响起了铺天盖地的喧嚣，也没有别的事，只是觉得我们的摄像师在这边停留时间太长，嫉妒了。

有一大方阵的荷枪士兵席地而坐，我试探着走进他们的方阵，想拍张照，没想到从军官到士兵都高兴得涨红了脸，当然不是为我，为摄影。

有几个等待参加表演的漂亮姑娘你推我搡地来到我们跟前，支支吾吾提了个要求，能不能拍张照。我们一点头，她们就表情丰富地摆好了姿势，但快门一按，她们欢叫一声像一群小鸟一样飞走了。居然，她们压根儿没想过要照片，只想拍照。一位坐在看台前排的老太太不断向我示意，让镜头对准她一下，我好半天才弄明白她的意思，这对我们来说是举手之劳。事后，她一直激动地向我们跷着大拇指。

这种渴望着被拍摄而不想要照片的情景，我们都是初次遇到，甚觉奇怪。但我又突然明白了：这就像在山间行路，太封闭、太寂寞，只想唱几声，却谁也不想把歌声捡回。

萨达姆终于没有来，新闻官解释说他太忙了。庆祝活动其实就是一次广场表演，内容是纵述巴格达的历史。这种广场表演在中国早已做得炉火纯青，从场地设计到服饰道具看，这里只够得上中国县级运动会的水平。但是，当他们追溯巴格达的悠久历史，一大群演员赤着脚、穿着旧衣服走过表演场地时，你会感到一种无可替代的古今一致。

接下来，表演各国对巴格达的朝觐。载歌载舞，颇为夸张，估计坐在贵宾席里的各国大使看了都会生气。我怕看到有中国人前来朝觐的表演，结果倒是没有，松了一口气。

这时满场战鼓隆隆，战争开始了。敌人很多，一拨一拨来，一仗一仗打。我看得清的，是打犹太人、波斯人和鞑靼人。有些仗，不知是和谁在打，赶紧去找新闻官，他很有把握地回答："enemy！enemy！"——反正是和"敌人"在打。

突然场上好看起来了。一边是一大群剽悍的马队，一边是一大群赤膊的士兵，狭路相逢。马队中先蹿出一骑，围着赤膊士兵奔驰一圈，然后整个马队就与赤膊士兵穿插在一起了。反复穿插的结果是，全体赤膊士兵都伤卧疆场。辽阔的体育场上，只见满地都是他们在挣扎。

胜利者的马队又一次上场，踱着骄傲的慢步，完全不顾满地的敌兵。突然，两匹胜利者的马因劳累而倒地，骑士卧倒在它们跟前悲哀地抚摸着。整个马队回去了，但倒下的马和骑士还在。没有想到，两匹马慢慢地挣扎起来，去追赶自己的队伍。

——看到这里，我心头一热。古代战争并不重要，只是在这些部位，我看到我的艺术家同行在工作了。在这么明显的政治宣传节目中，即便整体平庸，竟然也有艺术的微光。我的同行，你们在哪里？你们只要稍稍动作，我都能发现和捕捉。你们的日子，过得还好吗？

很快艺术家又休息了，或者说被自以为是的官员们赶走了。场上出现两个小丑，一个美国，一个以色列，边讲些愚蠢的话，边跳迪斯科。由于这两个小丑，新的战争爆发，下面的表演都是现代军事动作的模拟，没法看了。

表演结束散场时，我们随便与观众闲聊。见到一位很像教授的儒雅老人，我们问："为什么你们国家与很多国家关系紧张？"老人回答："因为巴格达太美丽了，他们嫉妒。"

抓住一位要我们拍照的十四岁女孩，问她："你是不是像大人们一样，觉得美国讨厌？"没想到她用流利的英语回答："你是指它的人民还是它的政治？人民不讨厌，政治讨厌。它没有理由强加给别人。"

"你讨厌美国政治，为什么还学英语？"

回答竟然是："语言是文化，不一定属于政治。"天哪，她才十四岁。

她的年龄和视野，使我们还不能对她的讨厌不讨厌过于认真，但她的回答使我高兴，因为其间表现了一种基本的理性能力。这片土地，现在正因为缺少这种雨露而燥热，而干旱。

这种雨露，正蕴藏在孩子们忽闪的眼睛里。

一九九九年十一月十六日，

巴格达，夜宿 Rasheed 旅馆

过　关

　　后天就要离开伊拉克，可以把入关时的遭遇补叙一下了。现在发表这篇日记，不会再有横生枝节的危险。

　　那天入关前，我们的车队在约旦与伊拉克之间的隔离地带停留了很久，为的是最后一次剔除带有以色列标记的物件。

　　伊拉克给我们的签证上写着，如有去过以色列的记录，本签证立即作废。我们只好冒称是从埃及坐船到约旦的，以色列方面也很识相，没有在我们护照上留下点滴痕迹，给我们的是所谓"另纸签证"。这样一来，消灭行李里的以色列痕迹成了头等大事，因为谁都知道，伊拉克边关检查行李很苛刻。只要有一个人露馅，全队都会遭殃。

　　终于到了伊拉克边关。我们的车在一个空地停下，交上有关文件，就有两个人出来，互相争论着我们的停车方位，争了半小时还没有结果。我们听不懂，只看着他们的指手画脚，后来也就不听不看了，懒洋洋地坐在水泥路沿上，告诫自己转换成麻木心态，决不敏感，也不看手表。

　　两个小时之后，出来一个人，说我们应该换一个门，于是我们上车，开一大圈，换一个门。这个门两边有几十米长的水泥台，想来是检查行李的地方。但没有人理我们，周围也没有其他旅客。

　　好不容易来了两个人，向我们要小费。不知他们是谁，又不敢不给。

给了些美元。

又过了两小时，再来两个人——这儿我要赶紧说明，一次次过来的人都不穿制服，分不清是旅客、流浪汉、乞丐还是海关官员——要我们每人拿出摄影机来登记。

总算来事了，我们有点高兴。十几台摄影机堆了一堆，由他们登记牌子、型号。完事后好半天，又没消息了。

中间又有人来要小费，给完再等。

等出一个大胡子中年人，说要把刚才登记的摄影机再检查一遍。于是重新取出交给他，他每一台都横看竖看好半天，对小型的傻瓜机特别感兴趣，估计是觉得更像间谍工具。他走后又毫无动静了，大家一次次上那间脏得无从下脚的厕所，故意走得很慢，想打发掉一点时间。

盼星星盼月亮，又盼出三个人，要我们把所有的手机都交出来。我们以为是检查，谁知是全部封存。他们拿来一只旧塑料袋，把一大堆手机全部装进去，说离开伊拉克之前不准拿出来。边说边从地上捡起一根小麻绳，把塑料袋打了死结，又焊了一个铁丝圈。

接下来检查其他通讯设备，当然很快发现了我们所携带的海事卫星传送设施。他们搞不懂是什么，请人去了。很久，请来一位衣衫破旧的老人，对那设备琢磨了好半天，终于取出焊封，用铁条把它封死了。

这比什么都让我们心焦。因为这样一来，每天拍摄的内容就传送不出去了，又失去了任何联络的工具，等于摘取了我们的器官，解除了我们的职能，那还有什么必要进去呢？

十多个小时过去了，天色已暗，还没有放行的消息。我们原想在天黑之前赶完六百公里的"死亡公路"，现在竟然还没有出发……正愁得捶胸顿足不知怎么办才好，见又出来了人，要我们再换一个门。

我们忍无可忍开了一圈，回到上午来时停车的门口。这次倒是很快过来三个人，要我们打开后车舱的门，准备检查行李。看样子，前面折腾了我们十几小时的那批人下班了，他们是一批刚刚上班的人，一切从头开始。

既然已被剥夺了工作的可能，也就没有什么可怕的了，何况我们是外国人。先是辛丽丽小姐用高声调的英语要他们回忆一天来我们的经历，对方正奇怪一个小姐怎么会发那么大的火，我们的陈鲁豫出场了。她暂时压住满腔愤怒，以北京市英语演讲赛冠军的语言锋芒，劈头盖脸地问了他们一连串问题，又不容他们回答。

我不相信他们能完全听明白语速如此快的英语，但他们知道，这位小姐发的火比刚才那位小姐更大，而她背后，站着一排脸色铁青的中国男人。

三个人退后两步，想解释又噎住了，终于低头挥了挥手，居然就这么通过了。

以后的事情已经写过，需要补充的仅是一项：我们的技师谢迎仔细研究了海事卫星传送设备上的焊封，发现隔着封条仍能拨号。传送天线在车顶，怕发送时引来监视，就把车开到中国大使馆内的空地上。可惜使馆离我们住处太远，因此经常把车停在路边做等人状，完成发送任务。这种做法活像间谍，却保证了凤凰卫视的每天播出。我的这篇日记，三小时后也要用这种方式传回北京和香港。

我想，一切防卫都会有自己的理由，但当极度严密和极度低效、极度无知、极度腐败连在一起的时候，实在令人厌烦。如果这一切又严重地伤害了本来有可能为他们说点话的客人，那就更加得不偿失了。

我真为他们可惜。

一九九九年十一月十七日，
巴格达，夜宿 Rasheed 旅馆

且听下回分解

在巴格达不应该忘记一件事：寻访《一千零一夜》。

理由很简单，全世界的儿童，包括我们小时候，都是从那本故事集第一次知道巴格达的。知道以后，不管在新闻媒体上听到巴格达的什么消息，都小心地为它祝祷，因为这个城市属于我们的童年。

这些天来，看到和听到的巴格达，都很沉重。不必说它的屈辱了，即使是它的光荣，也总是杀气冲天。我一直想寻找一点属于我们童年的那个城市的痕迹，又怕冲淡严肃的话题。曾从车窗里看到街头的一座雕塑，恍惚迷离，似乎有点关系，但再次寻找时却被另一种千篇一律的萨达姆雕像所淹没。直到今天即将离别这座城市，才支支吾吾地动问。

新闻官听了一笑，挥了挥手，让我们跟他走。

先来到一条大街的路口，抬头一看，正是我在车窗里见到过的那座雕塑。一个姑娘，在向一大堆坛子浇水，很多坛子还喷出水来，可见已经浇满。

从雕塑艺术来看，这是上品。令人称道的是那几十个坛子的处理，层层累累地似乎没有雕塑感，但有姑娘在上方一点化，又全部成了最具世俗质感的实物雕塑，真可谓点石成金。其次是喷泉的运用，源源不绝地使整座雕塑充满了活气和灵气。

其实，这里是以水代油。正经应该是浇滚烫的油，取材于《一千零一夜》，叫"阿里巴巴与四十大盗"，太有名的故事。

第二座有关的雕塑在底格里斯河边，刻画了《一千零一夜》全书的起点：国王因妻子不忠，要向女人报复，每晚娶一个少女，第二天早晨就杀死。有一位叫山鲁佐德的姑娘为了阻止这种暴行，自愿嫁给国王，每天给国王讲一个故事，讲到最精彩的地方戛然而止，留待明天再讲。国王的胃口就被这样一直吊着，无法杀她，吊了整整一千零一夜。

其实，这一千零一个故事已经潜移默化地完成了对国王的启蒙教育，他不仅不再动杀心，而且还真的爱上了她。于是接下来的事情也就变得十分通俗：两人白头偕老。

《一千零一夜》的这个开头真正称得上美丽，我想这也是它流传百世的重要原因。但是，眼前的雕塑却不美丽，两个人一坐一站，木木的，笨笨的，没有任何形体魅力和表情语言。联想到刚才看到的那座雕塑，也是坛子胜于人体。这是可以理解的，在阿拉伯美学中，历来拙于人体刻画，细于图案描绘。这大概与伊斯兰文明反对偶像崇拜和人像展示有关。宗教理念左右了审美重心，属于正常现象。你看现今街头大量的萨达姆雕像，连人体比例也不大对头。更有趣的是我们旅馆大门口的一座巨型雕塑，大概是在控诉联合国的禁运吧，一个女人的右眼射出喷泉，算是泪雨滂沱，悲情霎时变成了滑稽。

《一千零一夜》的故事开始流传于八世纪至九世纪，历数百年而定型，横穿阿拉伯世界大半个中世纪。在这样的年代，传说故事就像巨岩下顽强滋生的野花，最能表现一个民族的群体心理，并且获得世界意义。因此，它们的地位，应该远远高于一般的文人创作。

遗憾的是，由于种种原因，阿拉伯世界走出中世纪的整体状态远不如欧洲。意大利卜迦丘的《十日谈》受过《一千零一夜》的很大影响，但《十日谈》之后巨匠如林，而《一千零一夜》一直形影孤单。

我在沧桑千年的巴格达街头看到唯一与文化有关的形象仍然是它，既为它高兴，又为它难过。

这么多故事，只有两座，确实是太少了，但光这两座也已触及了人间的一些基本哲理。你看，对于世间邪恶，不管是强盗还是国王，有两种方法对付，一是消灭，二是化解。《一千零一夜》主张把世界上最美好的声音梳理成细细的长流，与一颗残暴的心灵慢慢厮磨。这条长流从少女口中吐出，时时可断却居然没断，一夜极限却扩大千倍。最后是柔弱战胜强权，美丽制伏邪恶。那个国王其实是投降了，爱不爱倒在其次。

一切善良都好像是传说，一切美丽都面临着杀戮。间离了看，它们毫无力量，但在白天和黑夜的交接处它们却能造成期待。正是期待，成了善良和美丽的生命线。

"欲知后事如何，且听下回分解"，只要愿意听，一切都能延续，只要能够延续，一切都能改观。文明的历史，就是这样书写。民间传说的深义，真让人惊叹。

一九九九年十一月十八日，
巴格达，夜宿 Rasheed 旅馆

伊朗。

白胡子、黑胡子

昨天晚上我们被一位老人带到一个神秘的地方，从小街小门进入，顺阶梯往下走。抬头一看，是一个近似中世纪古城堡的昏暗所在，巨大而恐怖，却坐满了人。中间有疯狂的乐队和歌手，唱着凄楚而亢奋的阿拉伯歌曲，四边有很多狭小的洞窟式小间，里面摆满了各个时期的文物供人选购。中厅，也可用餐。

我高一脚低一脚在角落里探看，过来一个中年男子，用生硬的英语对我说："你应该到楼上去看看。"我顺着他的指点摸到楼梯，又小，又陡，又暗，真有点提心吊胆。楼上更是中世纪，看到很多洞窟却没有人，灯光全是底楼泛上来的，吓得赶紧下楼。

这时我想，在白天单调的大街上，怎么想得到会岔出一条小街，小街里边又隐藏着这么一个令人发怵的大空间？

伊拉克的社会结构也会是这样的吧。各种各样夜间的歌声，地下的通道，隔代的收藏，奇怪的热闹，一定也都以自己的方式深潜着。谁也不敢说，看透了这个地方。

今天，我们还是为离开而高兴。因为这意味着我们被封存的手机可以发还，海事卫星可以堂而皇之地开通，也意味着终于可以摆脱天天千百遍地映现在眼前的同一个人的相片，摆脱车前车后无数乞讨的小手。

边关到了。两伊的边关之间倒没有什么隔离带，这与我们从约旦到伊拉克的那段路有很大的差别。两国边关都竖起一幅巨大的元首像，霍梅尼的像和萨达姆的像。作为国家标志，两个人都居高临下地注视着对方的土地。由于都想"寸土必争"，因此两幅画像靠得很近，变成了四目相对。

这个情景很有趣味。一个是白色的大胡子，一个是黑色的小胡子，两人都不笑，光靠眼睛做文章，一动不动地瞪着对方。全世界都看着他们打了很多年架，没想到他们在这里脸贴脸地亲近着。

从黄昏到月夜，这儿不会有其他人迹。气温又低，只有这两个上了年纪的男人，谁吐口热气都呵得着对方。

一九九九年十一月十九日，从伊拉克赴伊朗，
夜宿巴赫塔兰 Resalat 旅馆

翻开伊朗史

从边境到伊朗首都德黑兰，车行需要九小时，其中又有大量山路。盘算再三，只能在巴赫塔兰住一夜。今天起一个大早出发，把早餐安排在半路上。开了两个多小时后，肚子确实饿了，见有一个小城就停下吃早餐，这个小城叫哈马丹（Hamadan）。

在吃早餐时与当地人闲聊，竟然发现这个偶然撞上的小城，也有一些古迹可看。算算今天赶路的时间还比较宽松，那就顺便看看吧，也算是对伊朗作一个适应性的准备。

第一个古迹就在城里，一个古城发掘现场。我们问了工作人员一些问题，工作人员听了觉得比较专业，立即请出一位戴眼镜的瘦瘦学者，自我介绍叫瑞吉巴伦（M.R.Ranjbaran），考古工作者。经他简单一说，我立即严肃起来。难道，我们这次偶尔停留，真的停在那么重要的地方？

他说，这是五年前才发现的米底（Medea）王国的首都。我想光这句话就会使一切伊朗史的研究者激动起来。

米底是伊朗人建立的第一个王国，这个王国统一了伊朗的各个部落，消灭了残暴的亚述帝国，而自己又在公元前六世纪中期灭亡。对于这个王国，人们了解得很少，只有在巴比伦发现的"楔形文字"中有一些记载，古希腊历史学家希罗多德也曾提到，但都是间接的。

我们只是粗略知道，米底人原是北方的游牧民族，向南发展，在一个叫黑克玛塔纳（Hegmataneh）的地方建都。据记载这是一个四方交会的山谷，又有雪山消融的水流可供灌溉。谁能想到，我们今天偶尔踏入的，居然是发现不久的黑克玛塔纳古城！这真不知是什么力量，让我们从伊朗历史的第一页读起了。

我环顾四周，果然是一个山谷，不远处的雪山在阳光下十分耀眼。

低头走进考古发掘工地，这里已经搭起一个大棚，中间有一条铺了木板的过道，过道下面就是两三千年前米底王国首都的遗址。密集的房舍，小小的街道，都设计得十分周致。从大棚出来，再走不远就是米底城门的发掘现场，层层城砖清晰可见，边上还挖掘出一个瞭望塔的基座。

我问瑞吉巴伦先生，在考古现场，是否发现了这座古城当初湮灭的原因，譬如兵祸、火灾或地震？

瑞吉巴伦先生说："没有发现。其实它没有以突然方式湮灭，只是被遗忘了。人们一代代在这里居住，经历无数次改朝换代。拆卸、掩埋、填土、重建，完全不记得它以前是什么地方。我们在挖掘过程中，发现很多层面都有各个时代的文物，波斯帝国时代的，亚历山大时代的，安息王朝和萨珊王朝时代的，以至伊斯兰时代的，都有。但每个时代都不清楚自己脚下踩踏着什么。直到三四十年前还有人在上面建房，他们哪里知道，脚下正是历史学家们苦苦寻找着的黑克玛塔纳！"

我问五年前发现的经过，他说是一次修路施工时碰撞到了地下文物，便立即由一位考古学教授主持发掘。这位考古学教授是伊朗人，名字很长，我没有记下来。

至此我心中已经明白，在伊朗，已不可能出现"巴比伦古城"的闹剧。

吃一顿早餐竟然见到了黑克玛塔纳，我抱着大喜过望的心境与它惜别。按照当地热心人的指点，沿着一条小街去看一座犹太人的坟墓。

这条小街很古老。走不远见一座有圆顶的砖石建筑，正是坟墓所在。

进门，穿过一个小院，见到一个极低矮的石洞。石洞有一个石门，石门上有一个小孔，看门老人用手伸入，摸了一下，石门开了。老人要我们脱鞋，躬身进入，进入后一脚踩在厚厚的地毯上，直腰一看，有两具黑漆发亮的棺木。

这个过程如此神秘，终于把我的注意力调动起来了。

看门老人眼睛奇亮，炯炯有神地看着我们，开始介绍。没想到他一介绍，我又大吃一惊。因为我眼前翻开的，正是伊朗史的第二页，而这一页竟然更加光辉！

以黑克玛塔纳为首都的米底，最终是被一个来自波斯境内黑山地区的年轻统治者征服的，他便是名震世界历史的居鲁士（Cyrus，或拼作Kurus）。我很早就知道了他，因为历史学家公认，他是古代世界史上特别宽厚仁慈的征服者。不管征服了什么地方，他总是对那个地方的宗教非常尊重，这使被征服地的人民大感意外。他攻入巴比伦之后，把当初被尼布甲尼撒从耶路撒冷掳掠来的万名犹太人解放，宣布这些著名的"巴比伦之囚"可以自由返回故乡。

这就开始了一个动人的事实：古代波斯，成为对犹太人特别宽厚的地方。我们眼前的坟墓，安葬着一位叫埃丝特（Ester）的波斯王后，而她正是犹太人。她的夫君战死疆场，未能合葬。她身边棺木里安葬的是她的叔叔莫德哈伊（Mordkhai），犹太人中一位著名的先知。

看门老人非常激动，说他自己也是犹太人，有幸在这里守望着两千三百年前犹太人和波斯人友谊的人证物证。他说那个小小的石门，以及棺室里的梁柱、天窗，都是两千多年前的原物。他又说，至今还有世界各地的犹太人到这里来参拜。

我问他的名字，他说叫瑞沙德（N.Rassad）；我又问这个墓地所在的街名，他说叫夏略底街（St. Shariati）。我说我会记住，并告诉别人，因为这个地方触及了我万里寻访的一个主题。而且，谁都知道，在今天，伊朗和以色列的关系特别紧张。

万分庆幸在哈马丹的短暂停留。上车吧，对伊朗之行我已经心中有底。

一九九九年十一月二十日，伊朗，

从巴赫塔兰到哈马丹，夜抵德黑兰，入宿 Laleh 旅馆

阔气的近邻

从哈马丹到德黑兰的路上，我很少说话。

既然在哈马丹翻开了第一、第二页，我在心中继续把伊朗史轻轻搅动。

先回想起在希腊时，曾见到一个希腊和波斯激烈战斗的海湾，我前前后后看了很久，又知道更激烈的战斗发生在马拉松。希波战争是古希腊人的骄傲，他们又擅长写作，不知有多少历史书和文艺作品表现过这个题材。古代波斯人是看不起写作的，认为那是少数女人的娱乐，男人的正经事是习武和打猎。结果，古希腊人的得意文章就成了历史定论。

其实，波斯人还是很厉害的。居鲁士已经建立了罗马之前最庞大的帝国，而大流士（Darius）则更加雄才大略，向北挺进到伏尔加河流域，向东攻占印度河河谷，最终长途跋涉远征古希腊，才一败涂地。

波斯政府的行政管理结构很好，后来罗马曾多方沿袭。但是，如果一个政权只是为了打仗，那么，它的军队就必然失去制约，快速腐败。我曾在一些历史书中看到，当年波斯军队中有些将领打仗出征时还带着一大群妻妾。结果可想而知，有一场关键的战斗，古希腊只损失几百人，而波斯则损失十万大军。

幸好战胜者是亚历山大。亚历山大毕竟是亚里士多德的学生，比较理智，不想用敌人的血泊来描绘胜利。他自己又娶了大流士三世的一个女儿为妻，据说关系融洽。

亚历山大死后，这儿的政局就乱了。公元前三世纪东北部的游牧民族建立了一个王朝，首领叫阿萨息斯。古代中国人就从这个首领的名字中取音，把这个地方叫作安息。安息王朝持续了四百多年，在公元三世纪被萨珊王朝所取代。

萨珊王朝在文明建设上取得极大成就，奠定了后代伊朗文化的基础。但在公元七世纪，却被阿拉伯人打败，伊朗进入了伊斯兰时期。以后又遭遇过突厥、蒙古、帖木儿的进攻，尤其是十三世纪蒙古人来袭，损失惨重，至今还留下刻骨的旧伤。但是，尽管历史如此坎坷，伊朗还是在重重的灾难中成了伊斯兰文化的一个重镇，以独特而缓慢的步伐，走进了近代。

说到伊朗的萨珊王朝在公元七世纪被阿拉伯人打败的事，就牵涉到我们中国了。中国本来在汉代就与安息产生了密切的联系，当时的"丝绸之路"，安息是中转站。到萨珊王朝与阿拉伯人打仗的时候，中国已是唐代。萨珊王朝曾向唐朝求援，但唐朝出于中国文化不主张远征的观念，没有出兵。萨珊王朝灭亡后，王子卑路斯（Pirouz）再来求助，唐朝帮他建立了"波斯都护府"任命为将军，他复国无望，病死长安。他的儿子，继承了他的职位，最终也在中国去世。

唐朝没有出兵是对的。在当时，如果唐朝、波斯、阿拉伯这三支军队打成一团，无疑是古代的一场世界大战，对人类文明的伤害难以想象。

唐朝的方略不仅收留了波斯的王室，而且还促成了波斯文化和中华文化的大交融。

波斯的服装曾经风靡唐朝的长安城，波斯的宗教更是当时长安多元文化的重要组成部分。此外，还有不少波斯人在中国从商、做官、拜将、为文。例如，清末在洛阳发现墓碑的那个叫"阿罗喊"的波斯人，在唐代就做了不小的官。据现代学者考证，他的名字可能就是Abraham，现在通译亚伯拉罕，犹太人的常用名字，多半是一个住在波斯的犹太人。

至于文人，最有名的大概是唐末那个被称为"李波斯"的诗人李珣了。他是波斯商人之后，所写诗文已深得中华文化的精髓，我在《文化苦旅》中的《华语情结》一文里专门论述过。

这么一想，眼前这块土地就对我产生了多重魅力。古代亚洲真正的巨人，一时气吞山河，但当中国真正接触它的时候，它最强盛的风头已经逝去。它的第二度辉煌曾与唐朝并肩，但唐朝又目睹这种辉煌的殒灭。这是一个离我们很近，交往又不浅的"大户大家"。我在这儿漫游，就像是去拜访祖父的老朋友。两家都"阔"过，后来走的道路又是如此不同。

就自然景观而言，我很喜欢伊朗。

它最大的优点是不单调。既不是永远的荒凉大漠，也不是永远的绿草如茵。雪山在远处银亮得圣洁，近处则一片驼黄。一排排林木不作其他颜色，全都以差不多的调子熏着呵着，托着衬着，哄着护着。有时突然来一排十来公里的白杨林，像油画家用细韧的笔锋画出的白痕。有时稍稍加一点淡绿或酒红，成片成片地融入驼黄的总色谱，却一点也不跳跃刺眼。一道雪山融水在林下横过，泛着银白的天光，但很快又消失于原野，不见踪影。

伊朗土地的主调，不是虚张声势的苍凉，不是故弄玄虚的神秘，也不是炊烟缭绕的世俗。有点苍凉，有点神秘，也有点世俗，一切都被综合成一种有待摆布的诗意。

这样的河山，出现伟大时一定气韵轩昂，蒙受灾难时一定悲情漫漫，处于平和时一定淡然漠然。它本身没有太大的主调，只等历史来浓浓地渲染。

一九九九年十一月二十一日，
伊朗德黑兰，夜宿 Laleh 旅馆

黑袍飘飘

到伊朗才几天，我们队伍里的小姐都已经叫苦连天了。

这儿白天的天气很热，严严地包裹着头巾确实不好受。何况她们必须在公共场所跑来跑去地忙碌。

她们在公共场所奔忙完了，一头冲上吉普车就把头巾解下来想松口气，立即听到有人敲窗。扭头一看，敲窗的人正比划着要求小姐把头巾重新戴好。一位小姐心中来气，摇下窗来用英语对那人说："我是在车内，不是公共场所！"那人也用英语回答："你的车子有窗，所以还是公共场所！"

其实，我们的小姐只包了一块头巾，车下满街的伊朗妇女完全是黑袍裹身，严格得多了。对这件事，外来人容易产生简单的想法，觉得这儿的妇女太可怜了，需要有一次服饰解放。

我们在德黑兰街上专门问过几个年轻的女学生，原以为她们的想法会比较现代，谁知她们的回答是："我们的这个服装传统已延续了一千多年，而且与我们的宗教有关。我们没有感到压抑。"

由此想起，第二次世界大战以后有一段时间，伊朗、土耳其政府曾明令要求人们把传统服装改为西式服装，但到七十年代积极呼吁恢复传统服装的，主要是受过高等教育的现代青年。他们甚至认为，只有穿上传统服装，才能恢复自己的真面目。我想此间情景有一点像中国餐饮，一度有人提出中国餐饮太复杂，提倡西化餐饮，但到后来，即使是年轻人也渴望恢复祖父一代的口味。在这类事情上，外人一厢情愿地想去"解放"别人，有点可笑。

这里的服装有没有禁锢女性美？我看也不见得。我和所有的男性伙伴都有一个共同的感觉：从雅典出发至今，各国女性之美首推伊朗。优雅的身材极其自然地化作了黑袍纹褶的潇洒抖动，就像古希腊舞台上最有表现力的裹身麻料，又像现代时髦服饰中的深色风衣。她们并不拒绝化妆，甚至让唇、眼和脸颊成为唯一的视角焦点。这种风姿，绝不像外人想象的那么寒伧。

当然也面临问题，那就是：我们要求世界对它多元宽容，它也应该对世界多元宽容，包括对本国人民。对于进入本国的外国女性，不应有过多的限制。对于企图追求另类生态的本国女子，也不应有过多的呵斥。

由此想起了伊朗伊斯兰革命后客死异乡的巴列维国王，他毕生都在寻找民族传统和国际沟通之间的桥梁。

在埃及时，我还和两位朋友一起到开罗吕法伊（Rifaay）清真寺拜谒了他的陵寝。一间绿色雪花石的厅堂里安放着他的白石棺，边上插着一面伊朗国旗，摊开着一部《可兰经》。我想，对他也应宽容，他是伊朗历史的一个组成部分。

一九九九年十一月二十二日，

德黑兰，夜宿 Laleh 旅馆

再凿西域

想一个人逛逛德黑兰，出门前先到旅馆大堂货币兑换处。递进去一张一百美元，换回来一大沓伊朗最高面值的纸币，让我吃了一惊。

他们最高面值的纸币是一万里尔（Rial），印着霍梅尼威严的头像，现在捏在我手上是八十一张，也就是整整八十一万里尔！想起伊拉克最高面值的纸币印的是萨达姆威严的头像，每张二百五十第纳尔，我们早已习惯成沓地发给路边乞讨的儿童，但那个数字，毕竟还远远小于伊朗。

货币兑换处边上站着一位风度很好的老人，一定看惯了外国人在接受这么一个大数字时的惊讶表情，便用浑厚的男低音给我开起了玩笑："先生真有钱！"我说："是啊，转眼就成了大富翁。"

揣着八十一万现款逛街，心情比较舒畅。见一家小店里有束腰的皮带，选了一条，问价钱，老板说三千，我想这与八十一万相比实在太便宜了，连忙抽出一张一万里尔的纸币塞过去。老板不仅不找钱，反而乐呵呵地按住我的那一沓钱又抽去了两张，说真正的价钱是三万里尔。

为什么把三万说成三千呢？原来老百姓在日常应用中也嫌数字太大，就自作主张，约定俗成地去掉一个零，以缩小到原来的1/10来称呼，也不叫里尔了，叫特曼。结果，市场只说特曼，银行只说里尔，很不方便。

这种事情，按照我们的想法是必须解决又很容易解决的，不知为什么却一直不方便下去。民族性格的差异，真是到处可见。

德黑兰最让人惊喜的地方，是街道边潺潺的流水。流在深而无盖的石沟中，行人需要迈大一点的步子才能跨过。水质清纯，水流湍急，从不远处的雪山下来，等于是喧腾的山溪。

在闹市中见到山溪终究稀罕，不能不抬起头来仰望东北方向直插云天的达马万德山（Damavant Mt.）。一座城市，有名山相衬，有激溪相伴，真可以说是得天独厚。

但是，就在潺潺流水近旁，出现了德黑兰最大的遗憾，那就是交通。车多，好的少，都在抢道。越抢越挤，一塞好半天，到处充溢着浓烈的废气。这很影响情绪，而驾车的人情绪一坏，最容易碰碰撞撞，反正塞车没事，就下来打架。两方面扭得很紧，难分难解，边上塞车的人也正无聊，便跳下车来围观，没有人劝解。

想想也是，如果劝开了，两人再并排塞车，反而尴尬。因此大家明白，万不能松手。只有等车流开始移动，才会不了了之。

车流中有很多出租车，奇怪的是可以大大超载。司机边上的那个座位，挤着两个胖男人，后边一排还有两个人叠坐在别人的膝盖上，"坐怀不乱"。

德黑兰的交通问题历来严重。人口一千二百万，本来已经不少，又由于很少高层建筑，城市撑得很大，几乎是北京的两倍，谁也离不开车，市民早已怨声载道。十几年前下决心建造地铁，也已经在地下挖空一些土方，两伊战争一爆发就成了防空洞。战争结束后大家又惦念起来，于是继续开工，但进度极慢。

终于有市民贴出一张漫画，画的是两千五百年前居鲁士大帝从陵寝中发来一道圣谕："德黑兰的地铁，什么时候才能修成呀？"

政府压力很重，决定国际招标。中标的不是别人，正是中国。工程队已经来了两年，正在紧张施工。

本来已经够嘈杂拥挤的中国，居然腾出手来帮别人解决这个问题了。初一看让人疑惑，细一想很有道理，因为我们至少已经积累了大量以快捷方式缓解嘈杂拥挤的经验，既有正面的，也有负面的，相当于"久病成良医"。

逛街回到旅馆，在大堂遇见一个高个子的中国年轻人，他就是负责德黑兰地铁工程的中信公司的总代表。他从电视里知道我们的来到，专程邀请我们一行到工地做客，还指定我必须发表讲话。

于是，我们很快又进入了一个中国人的世界。见到墙上贴的中国字就兴奋，更何况一进院子就闻到了中国饭菜的久违香味。假装没闻到，一本正经地热情握手。

讲话我是推不掉的了，便对工程队技术人员们介绍了历史上中国和伊朗的交往趣事。最后我说，过去中国的史书把通西域的壮举写成"凿通西域"或"凿空西域"，你们倒真是在地下"凿"了。何时凿通，他们的居鲁士会高兴，我们的张骞也会高兴。

伊朗人把中国叫成"秦"，我已拟好了居鲁士大帝的第二道圣谕："东土秦人，好生了得！"

张骞则谦恭地回答："彼此彼此。"

一九九九年十一月二十三日，
德黑兰，夜宿 Laleh 旅馆

荆天棘地

今天离开德黑兰向南进发。

第一站应该到伊斯法罕（Isfaham），第二站到设拉子（Shiraz）和波斯波利斯（Persepolis），都是历史文化名城；下一站是向东拐，到克尔曼（Kerman），进入危险地区，一直到札黑丹（Zahedan），再往东就进入巴基斯坦。

这一条行车路线，每站之间相隔五百多公里，全在伊朗高原上，颠簸其间十分辛苦。但更为焦心的是情势险恶，真不知会遇到什么麻烦。

日前问过一位在伊朗住了很多年的记者，有没有去过克尔曼、札黑丹一带。他的回答是："这哪里敢呀，土匪出没地带，毫无安全保证。一家公司的几辆汽车被劫持，车上的人纷纷逃走，一位胖子逃不下来，硬是被绑架了整整三个月。更惨的是一位地质工程师，只是停车散步，被绑架了八个月，他又不懂波斯语，天天在匪徒的驱使下搬武器弹药，最后逃出来时须发全白，神经都有点错乱了。"

我问这是什么时候的事，他说是不久前。

开始我怀疑他是不是有点夸张，但读到此间伊朗新闻社的一篇报道，才知道事情确实有点严重。

报道所说的事情发生在今年十一月三日，也就是在二十天之前，地点是札黑丹地区。当地警方获得线索，一些毒品贩子将在某处进行钱物交割，便去捉拿。出动的警察是三十九名，赶到那个地方，果然发现五名毒贩，正待围捕，另一批毒贩正巧赶到，共四十五名。于是，三十九名警察与四十五名毒贩进行战斗，历时两个小时，结果让人瞠目结舌：警察牺牲了整整三十五名，只有四人活着！

我和几个同伴反复阅读了那篇报道，怎么也想不明白这场战斗为何打成这个样子。警察缺少训练，在这些国家是完全有可能的，但那伙毒品贩子也太厉害了。

另一篇报道则说，除了毒品贩子，那个地区的匪徒最想劫持外国人质，索要赎金极高。

现在，我们就在向这个地区进发。

由此想起，我们出发至今，无论是每天的报道还是我的日记，基本上都是"报喜不报忧"。这是因为，每次遇到麻烦时大家都在焦躁地寻求解决方案，当方案还没有找到时绝对不能报道；如果找到了方案，解决了麻烦，则又完全不值得报道了。而且，越是在穿越无穷无尽的危险，越不能给人留下"危言耸听"的印象。结果，我笔下的文字一片从容安详，给人的感觉是一路上消消停停，轻松自在。其实根本不是那回事。

一些本来很遥远的传媒概念，如"极端主义分子""宗教狂热分子""反政府武装""扣押外国人质"等等，已经从书报跳到我们近旁。文明的秩序似有似无，很难指望。

到了这里才知道，政府虽然对外态度强硬，对内的实际控制范围却不大。他们连自己政府首脑的安全都保证不了，怎么来保证我们？

以往我们也会兴致勃勃地罗列自己到过世界上哪些地方，其实那是坐飞机去的，完全不知道机翼下的山河大地，有极大部分还与现代文明基本无关。但是，我们绕不过这些地方。

写到这里，不禁又一次为身边伙伴们的日夜忙碌而感动。每天奔驰几百公里，一下车就搬运笨重的器材和行李，吃一口肯定不可口的饭，嘴一抹就扛着机器去拍摄。哪儿都是人生地不熟，也无法预料究竟会看到什么。镜头和语言都从即兴感受中来，只想在纷乱和危险中捕捉一点点文明的踪迹。拍摄回来已是深夜，必须连夜把素材编辑出来，再传回香港。做完这一切往往已是黎明，大家都自我安慰说"车上睡吧"，但车上一睡一定会传染给司机，而我们的司机昨晚也不可能睡足。于是就在浑身困乏中开始新一天的颠簸。前面是否会有危险，连想一想的精力都没有。

我比别人轻松之处就是不会驾车，比别人劳累之处是每天深夜还要写一篇短文、一篇长文，写完立即传出，连重读一遍的时间都没有。只能把现场写作的糙粝让读者分担了，好在我的读者永远会体谅我。

一九九九年十一月二十四日，
从德黑兰去伊斯法罕，夜宿 Abbasi 旅馆

丝路旅栈

每天清晨在伊朗高原上行车，见到的景象难于描述。

首先抢眼的是沙原明月。黎明时分还有这么明澈的月亮，别的地方没见过。更奇怪的是，晨曦和明月同时光鲜，一边红得来劲，一边白得够份，互不遮盖，互不剥蚀，直把整个天宇闹得光色无限。这种日月同辉的美景悄悄地出现在人们还在酣睡的时刻，实在太可惜了。

正这么想，路上车子密了。仔细一看，一车一家，刚刚结束晨祷。

接下来晨曦开始张扬。由红艳变成金辉，在云岚间把姿态做尽了。旭日的边沿似乎立即就要出来，却涌过来一群沙丘，像是老戏中主角出场时以袖遮脸。当沙丘终于移尽，眼前已是一轮完整的旭日。

此时再转身看月亮，则已化作一轮比晨梦还淡的雾痕，一不小心就找不到了。我看手表，正好七点。

一路奔驰，过中午就到了伊斯法罕。这个城市光凭一句话就让人非去不可了，那就是："伊斯法罕，世界之半。"

这是一种艺术语言，就像中国古人说天下几分明月，扬州占了几分之类，不必过于顶真。但无论如何，伊斯法罕也总该有点底气，足以把这句话承担数百年吧？

伊斯法罕的底气，主要来自十七世纪沙法维（Safavid）王朝的阿巴斯（Abbas）国王。这个年代，对历史悠久的波斯文明而言实在是太晚了，因此我的兴趣一直不大。但到了这儿一看，才发现正由于时间比较近，一切遗迹都还虎虎有生气，强烈地表现出阿巴斯的个人魅力，很难躲避。

他在治国、外交上很有一套，这里按下不表；光从遗迹看，他很有世俗情趣和亲民能力。

例如横穿市区的萨扬德罗河上有他主持建造的两座大桥，不管以古典目光还是以现代目光看，都很美。尤其是那座哈鸠（Khaju）桥，实际上是一个蓄水工程。桥面和桥孔之间有一条长长的甬道，据说在盛夏季节，阿巴斯国王还曾在这条甬道中与平民互相泼水。现在这条甬道仍保留着极世俗的气氛，变成了一溜茶廊。喝茶在次，主要是吸水烟。越往里走烟香越浓，一支支水烟管直往你嘴里塞。

除世俗情趣外，他又有一份高雅，证据就是他的离宫"四十柱厅"（Chehel Sotun Palace）。虽经入侵者破坏，今天一看仍像巴黎郊区的离宫枫丹白露，只是比枫丹白露小一些罢了。我到这里，总算看到了灿然的红叶，浓浓的秋色。一路过来总见沙漠，哪里领略过那么纯净的季节信号？

我们住的旅馆走廊上，挂着几个世纪前西方画家在这里写生的复印件，可知现在这个旅馆的建筑样式与当时基本没有区别。再早一点，这儿是丝绸之路的重要旅栈。中国商人大多到此为止了，由波斯商人把买卖往西方做。也有继续走下去的，那么，这儿就是一个歇脚点。

据说当时的旅栈拴满了大量的骆驼，东西方客商云集的景象热闹非凡。至今没有变化的，是隔壁清真寺的蓝色圆顶。

今夜，我听着从蓝色圆顶传出的礼拜声入睡，做着与古代中国商人差不多的思乡梦。

一九九九年十一月二十五日，

伊斯法罕，夜宿 Abbasi 旅馆

169

中国人为他打灯

　　我不认为波斯文明的雄魂已经挪移到德黑兰或在伊斯法罕，尽管这些地方近几个世纪比较重要。波斯文明的雄魂一定仍然在波斯波利斯、设拉子一带游荡，游荡在崇山荒漠间，游荡在断壁残照里。

　　因此，今天从伊斯法罕出发南行，心情急迫。我知道两千多年不会留下太完整的东西了，这不要紧，只要到那个地方站站就成。

　　路途很远，有很大一部分还是险峻的山道。那些寂寞的遗迹怎么才能找到呢？在这儿几乎没有英文路标，因此只能花比较多的钱，在伊斯法罕找几个当地专家带路。伊朗的专家们坐一辆面包车领头，我们的车随后。

　　但是开了一阵之后，我们全体都不耐烦了，时速六十公里，这哪里是我们的速度？赶上前去拦住他们商量，他们说，山路太险，交通部门警告过，必须限速。我们说，这样的速度半夜也到不了目的地，深夜在山上开车岂不更危险？他们一想有道理，又为我们急于去看他们民族的遗迹而感动，决定加快到时速八十公里。神情间，有一些悲壮。

　　这样开了一阵还是不对劲，我们又一次超车把他们拦下，说交通部门的罚款由我们支付，你们的车跟在我们后面吧，只要有一个人到我们的车上引路就行。这些专家神情异样地看着我们，我们请了一位上车，刚关门，车便呼的一声蹿出去了，时速一百二十公里。跟在我们后面的面包车迟疑了一阵，然后还是跟上了，只是故意保持了一段距离。

就这样我们超过不知多少车辆，着魔似的往前赶，一会儿上坡，一会儿下坡，颠得浑身发颤。一直开到晚霞满天，汽油即将耗尽，便拐进一个山间油站加油。那辆跟在我们身后的面包车就趁这个当口悄然超过去了，但我们谁也没有发现。

加满油后上路不久，我们就在一个岔道口见到了它，不禁大吃一惊。难道它是飞越我们的头顶先期到达这儿的？他们笑笑，只是庄严地指着岔道说：这儿，就是居鲁士大帝的陵寝。

这句话对我来说振聋发聩。根本顾不得他们超前的原因了，推开车门跳下，谁也不作声了。

这时太阳刚刚沉入大地，西天一片琥珀红，平野千里间，只有眼前一个极其古老的石筑。约八米高，六米见方，由灰褐色的大石砌成。由于逆光，看不真切，却压人眼目。

快速趋近，只见下面是阶梯式台座，上方是一个棺室，开有小门。

整个陵寝构架未散，但大石早已棱磨角损，圆钝不整。

除了这个不大的石筑，周围什么也没有了。不知平日是否还有人偶然想起，拐进岔道来看看？

但是，我们就是为此而来。这里长卧的，是波斯帝国的真正缔造者，古代亚洲伟大的政治家居鲁士大帝。

他所统治的帝国之大，他在军事和行政上的才能，不能说古往今来无人比肩，但能比的人数确实不多。

在陵寝的东北方有他的宫殿遗址，当然早已是一片断残石柱。我们摸黑走到了他接见外国宾客的宫殿，高一脚、低一脚地有点艰难。

一起来的伊朗专家指给我看一方石碑，上面用古波斯文写着：我，居鲁士大帝，王中之王，受命解救一切被奴役的人……

　　我想他至少已经部分地做到了。我在哈马丹时曾说起过他征服巴比伦后释放万名犹太人的事，现在站在他的墓前又想起，他在释放犹太人时，发还了本来属于他们的全部金银祭器，并鼓励他们回耶路撒冷重建圣殿。与此同时，他把巴比伦强征豪夺来的各城邦神像，也都分头归还给了各城邦，而对巴比伦本身的信仰又极其尊重。对巴比伦末代君主，他也予以宽容和优待。

　　他喜欢远征，但当时世界上竟有那么多邦国对他心甘情愿地臣服，主要是由于他的政治气度。这种政治气度，有点接近中国古代圣人所追求的"王道"。

　　于是，我请求车队的每一盏车灯都朝这里照射，好让我们多拍几个镜头。今天，我们中国人为他打灯。

　　到这时我才明白，为什么今天我们会着了魔似的在高原险路上如此莽撞地往前赶，原来是一种神秘的力量在召唤。现在四周已经一片漆黑，只有我们的车灯亮着，指认着伊朗高原深处的这个千年穴位。

一九九九年十一月二十六日，
设拉子，下榻 Homa 旅馆

一代霸主

昨夜拜谒了居鲁士陵墓，今天去探访大流士宫殿。

大流士是继居鲁士的一个儿子和一个篡位者之后，以政变而掌权的又一个伟大的统治者。他快速消除了由居鲁士儿子的变态和篡权者的阴谋所带来的种种恶果，重新恢复了波斯帝国的尊严。他还把帝国的版图和实力继续扩充，真可谓到了"烈烈扬扬"的地步。他以《汉谟拉比法典》为底本制定法律，统一度量衡，开凿运河，建立驿站，保证了一个庞大帝国的权力覆盖，而且还时时谋求扩张。他不仅把印度当作自己的一个行省，而且把目光投向了遥远的古希腊。

他的宫殿所在地叫波斯波利斯（Persepolis），离我们下榻的设拉子六十多公里。其实波斯波利斯的原义就是波斯都城，是波斯人根脉所系，也是当时帝国的典仪中心。这座都城建于公元前五一八年，如果以中国的纪年作对比，那还是春秋时代孔子三十三岁，刚过而立之年。

一眼看去，这个遗迹保护得不错。占地很大，柱墩、门臼、台阶、浮雕历历在目，而更清晰的，是残存的气势。

背靠一座石山，在山坡底部削切出一个巨大的平台，六宫一殿在平台上依次排列。穿过一道道石门，经过一排排石雕，就能见到一处高殿。宽大的阶梯平缓而上，阶梯边的石壁上是一幅十几米长的连环浮雕，雕刻着各国使者前来朝拜和纳贡的热闹情景。

其实这里所说的"各国使者",与现代概念不同。那些国,实际上是指被居鲁士和大流士的波斯帝国征服的邦国,说臣服国、保护国、附属国都可以。在居鲁士和大流士看来,天下各国应该平等往来、和平相处,但何以做到这一点呢?有人做不到该怎么办呢?所以必须让大家服从"王中之王,诸国之王",那就是他们自己。

这个概念一直吸引着后世的世界征服者,例如古罗马帝国一直传扬一个原则:"在罗马帝国领导下的各国和平。"

几位伊朗专家领着我们仔细观看了台阶边上的长幅浮雕。他们还能指出浮雕上每一个朝贡队伍来自什么地方,属于哪个民族。

在这排浮雕的不远处,有一批刻在墙上的铭文,明白道出了这种气氛背后的权力依据。伊朗专家给我翻译了一段:

> 我,大流士,伟大的王,诸王之王,诸国之王,阿契美尼德族维什塔什卜之子,承神圣阿胡拉的恩典,靠波斯军队征服了这些国家。这些国家害怕我,给我送来了王冠,它们是:胡齐斯坦、米底、巴比伦、阿拉伯、亚述、埃及、亚美尼亚、卡帕杜基亚、萨尔德、希腊、萨卡提、帕尔特、扎尔卡、赫拉特、巴赫塔尔、索格特、花拉子模、鲁赫吉、岗达尔、萨尔、马那……

我还无法把这些国名与现在世界上所处的地区全部一一对应起来,但还是被一种睥睨天下的霸气和豪气震撼了。

图像上以突出的地位雕刻了古印度人的朝贡。

古希腊人的朝贡也有,但谁都知道,这将是这个王朝的致命陷阱,但大流士当时并没有感觉到。巨大的空间统治权使他气吞万汇,什么也不在乎了。

但他在冥冥之中还有一点害怕，祈祷着光明之神阿胡拉的保佑。我还看到了一则铭文，伊朗专家又逐句翻译给我听。大流士的口气与上面引述的那一篇铭文很不一样了：

> 大流士祈求阿胡拉和诸神保佑。使这个国家、这片土地不受仇恨、敌人、谎言和干旱之害。

你看，如此强大的大流士还害怕四样东西。他把仇恨放在敌人之前是可以理解的。因为他打了这么多年的仗，征服了这么多国家，深知敌人不足惧，麻烦的是仇恨。正是仇恨，不断制造着难于战胜的敌人。他把干旱列为害怕的对象也合理，因为伊朗处于高原和沙漠之中，最伟大的君王也无法与自然力抗争。但奇怪的是，他把谎言列在干旱之前，居然成了他最害怕的东西，非要祈求光明之神来驱逐不可！

这一点对我很有冲击力，因为这些年我目睹谎言对中国社会的严重侵害，曾花费不少时间研究。但我怎么也没有想到，一个无所畏惧的古代霸主，对谎言的恐惧超过自然灾害。

大流士让我们看到了他的害怕处，一下子显得更可爱了。

一九九九年十一月二十七日，
伊朗设拉子，夜宿Homa旅馆

西风夕阳

在大流士宫殿阅读铭文时，经常可以看到"阿胡拉"这个词。大流士大帝把它看作至高无上的神灵，对它毕恭毕敬。我对这个词有点敏感，因为对古代波斯的拜火教关注已久。我知道这个"阿胡拉"也就是阿胡拉－马兹达，是拜火教崇拜的善良之神，光明之神。

我开始关注这种宗教的原因，是它的创始人的名字：查拉图士特拉。一个大概生活在公元前六世纪早期的雅里安人。尼采曾借用这个名字写过著名的《查拉图士特拉如是说》，对近代世界包括中国很有影响。

波斯人很大一部分是几千年前迁移到伊朗高原上来的雅里安人，查拉图士特拉的血统说明了这种渊源。后来希腊人用自己的语言把查拉图士特拉的波斯读法读成了琐罗亚斯德（Zoroaster），所以拜火教又叫琐罗亚斯德教。

我对拜火教的教义也一直有兴趣。世界各地许多原始宗教所崇拜的神往往集善恶于一身，人们既祈求它又害怕它，宗教仪式是取悦它的一种方式。有的神还很野蛮，例如要求多少童男童女去供奉。成熟的宗教就不同了，大多独尊一神，而这个神确实也充满神性，善待万物，启迪天下。拜火教与这两种情况都不太一样，它主张一神崇拜，却又是一种二元论宗教。它认为主宰宇宙的有两个神，一个是代表善良、光明的阿胡拉，另一个是代表邪恶、黑暗的阿里曼。

阿胡拉和阿里曼时时激战又势均力敌，人们为阿胡拉祈祷、呐喊、助威，用熊熊烈火张扬它所代表的光明，而且相信它终究战胜。拜火教有一种战斗意义上的乐观，坚信人的本性由善良之神造就，光明的力量总会壮大。最终大家都会面临伟大的"末日审判"，连死去的人也会复活来接受判决。

那么，一个人何以皈向光明呢？拜火教又提出了一系列伦理原则，最著名的一条几乎与中国先秦思想家的说法完全一样："己所不欲，勿施于人。"它又明确规定了人的三大职责：化敌为友、改邪归正、由愚及智。还有三大美德：虔诚、正直、体面。

这些都挺好。遗憾的是，拜火教还宣布了世界存在的时间（一万两千年），宣布了对异教徒绝不宽恕，又宣布了除波斯人之外的外国人都是劣等人。

拜火教的经典为《阿维斯塔》（Avesta），据说是光明之神阿胡拉交给查拉图士特拉，要他到人间来传道的。

我知道大流士笃信拜火教，也知道由于他的笃信，拜火教成了波斯帝国的精神支柱。自从我们一行进入伊朗以来，我经常与伙伴们提起这一宗教。昨天刚刚要走出大流士宫殿时，几个伙伴赶过来对我说："好消息，我们打听到，你感兴趣的拜火教遗址就在附近，赶快去！"

那当然要去。从大流士宫殿出来往东北方向走六公里，就见到一座山，山的石壁上凿有一座座殿门，估计就在这里了。

石壁前是一个宽阔的平坡，像一个狭长的广场，须攀登才能抵达。我第一个爬了上去，正在一一仰望，与我们一起来的一位伊朗专家也跟了上来。他已年迈，气喘吁吁地对我说，那些石壁上的殿门是大流士与另外三个国王的陵墓，由于他们都信奉拜火教，便按照拜火教的方式安葬，与天地同在。凿壁为墓，是帝王的特殊待遇。

我看这些墓窟离地面总有五十多米高，便问专家是否上去过。他说没有，只听说墓室里有一个拜火教的神坛。此刻我们只能远远地仰望着，能看到那里刻着柱子和图案，但由于太高，却看不清楚。

伊朗专家突然问我："你去过约旦的佩特拉吗？"我说去过。他说他曾从照片上看到，佩特拉的岩壁墓穴与这儿很相似。

我说有点像，但那儿的墓穴雕刻更希腊化。这儿显然更东方、更简洁。

在墓窟底下，比人体略高的地方，有几幅完整的浮雕。其中最大的一幅是一位波斯将军骑在马上，马前跪着一个人。专家说，马上的骑士是后来萨珊王朝的一个国王，而跪着的人是被俘虏的东罗马皇帝。

半山广场的西部有一个古老的白石建筑，与面前的千丈石壁相比显得很小。窄窄的一两间房，深到地下，有台阶相连，这是真正的拜火教神殿。拜火教沦落之后，全国各地的神殿均遭破坏，只剩下这座比较完好。我想大概是人们出于对大流士的尊敬，照顾了它。

我快步走到神殿前，西边吹来的风已很峭厉。我没有穿够衣服，抱肩看了一会儿就转身返回，只见夕阳把我的身影拉得很长很长，几乎拖遍了整个平坡。

遥想当初查拉图士特拉创立拜火教，就是希望人们能从原始宗教的占卜、巫术中摆脱出来，走向更有智慧的宗教境界。但是，当拜火教度过极盛时期后，庞杂的信徒队伍又开始伸发其中的占卜、巫术内容。这不奇怪，普通民众的宗教狂热惯常地拒绝理性，迟早会滑入荒唐的臆想之中。于是它也快速地产生质变，回归于原始宗教的愚昧状态。由于失去了内在的理性力量，它终于变得奄奄一息。在以后的外族入侵中，拜火教基本消亡。只是在唐代的长安，曾经出现过它的教堂。这离它在波斯本土的消亡，已经隔了很久很久了。

一九九九年十一月二十八日，
由设拉子去克尔曼，夜宿 Kerman 旅馆

再闯险境

今天，我们终于要进入目前世界上最危险的区域了。

危险到什么程度？近两个月内，在这条路上，已有三批外国人被绑架，最近一批是在五天前。刚刚接到消息，就在昨天，札黑丹地区又有三十二名警察被阿富汗的贩毒集团杀害，作为对该集团一个首领被捕的报复。

上午五时起床，六时发车。克尔曼是个小城，刚离开几步就是沙漠了。

这里的沙漠从地形上就会让人提起警觉：路边有很多七八米直径的不规则石礅、石台，活像地堡。又有不少自然的石坑，活像战壕。

更严重的是，在离公路各约三百米的两侧，是两道延绵的低矮山梁，是伏击的最佳地形。山梁上多少人都藏得下，一旦冲锋能快速抵达地面。即便公路上有武装部队狙击，也能凭借石台、石坑处于有利地位。

我们一直在这样的一条路上行进，心一直悬着，设想着不久前三批外国人被绑架的各种情景。这些外国人现在都还关着吧，至少五天前绑架的那一批？他们会关在哪里？

中午时分见到一个很大的古城堡，整个呈泥沙色，没有一丝别的颜色。形态古老，城门狭小，有护城河，可见古代此地也很不安全。

古城堡边有小镇，叫北姆（Bam），一问，知道城堡是安息王朝时的遗迹，至今已有两千多年。但这个遗迹一直有人住，到两百年前才废弃，成为盗宝者们挖地三尺的地方。

我们几个进入古城堡后在条条街道间穿行，大体搞清楚了古代官衙、禁卫军、马厩和平民住宅区的划分。官衙地处高敞，有排水系统，建筑材料用了韧性蜜枣木，保存得比较好一点。平民住宅区则非常拥挤，像是到了一个废弃了的"小人国"。在古代，几乎没有城堡外的居民。外面的沙漠根本无法生存，一个城堡已经囊括了一个邦国的绝大部分人口。

在探访古城堡时我们被告知，从这里到札黑丹必须有警车保护。于是，就找当地警察局去申请。

申请倒是没费多少周折就批准了，但由于形势险恶，警力严重缺乏。警方给了我们两个方案，一是在北姆等候，二是先往札黑丹开，等警车回来后再来追赶。

第一方案听起来好一点，但我们不知要等多久。眼看太阳偏西，走夜路更危险，因此选择了第二方案，就冒险出发了。

离开北姆不到一小时我们就遇到了沙漠风暴。

只见一片昏天黑地，车窗车身上沙石的撞击声如急雨骤临。车只能开得很慢，却又不敢停下。沙流像一条条黄龙，在沥青路面上横穿。风声如吼，沙石如泻，远处完全看不见，近处，两边的沙地上出现了很多飞动的白气流，不知预示着什么。

处在这种风暴中，最大的担忧是不知它会加强到什么程度。车队一下子变得很渺小，任凭天地间那双巨手随意发落。

苦苦等了很久，沙漠风暴终于过去了。刚想松口气，气又提了起来：夜幕已临，而眼前却是一片高山！

保护我们的警车还没有来，四周的情景越来越凶险，不敢停车拂去车身上的沙土，我们便咬着牙，一头向这危险地区的山路撞进去。伙伴互相轻轻嘱咐："眼观六路，耳听八方。"这里的每一个转弯都不知会碰到什么，每一次上坡下坡都提心吊胆。

两边的山峦狰狞怪诞，车道边上的悬崖深不可测。没有草树，没有夜鸟，没有秋虫，一切都毫无表情地沉默着，而天底下最可怖的就是这种毫无表情的沉默。

突然路势平缓，进入一个高原平地。这时听得后面有喇叭声，一辆架有机枪的小货车追了上来。这辆小货车在货舱上方的金属棚下挖一个大洞，伸出一个人头和一支机枪，其他人则持枪坐在驾驶舱里。

停车后他们告诉我们，他们是警察，前面真正进入了危险地带，特此赶来保护我们。

他们没有穿警服，更没有向我们出示证件。我们无法验证一切，又不敢细问，就让他们跟在车队后面，继续往前走。我们只是心慌：怎么冒了半天险，到现在才进入危险地带？他们究竟是谁？我们现在的关注重心，至少有一半要分到背后这辆小货车上了。

又走了很久，背后那辆车蹿了上来，叫我们停车，说是他们值班时间到了，会有另外一辆警车来换班，要我们和他们在这里一起等待。

我们环视四周，这里又是一个山岙，黑黝黝的什么也看不清。在这世界上最危险的地区，半夜里，山岙间，与一些不明来历的武装人员在一起，我们又和他们一起等候着另一批武装人员……不要多想我们就做出了决定：开车，快速离开！

我们的车队呼隆一下便像脱缰的马队一般飞驰而去，直到深夜抵达札黑丹。

一九九九年十一月三十日，

由克尔曼赴札黑丹，夜宿 Esleghlal 旅馆

札黑丹话别

札黑丹是一个小地方，却因处于伊朗、阿富汗、巴基斯坦三国交界处，十分重要。近年来这里又成为世界著名的贩毒区域，杀机重重，黑幕层层，更引人关注。

伊朗政府为了向世界表明它的禁毒决心，曾邀请一些外国使节和记者在重兵保护下到这里来参观销毁毒品的场面，但一般记者是不敢来的。他们只是看着地图，写出相关报道。

我在前两篇日记中说过，本月初，三十五名警察在札黑丹地区被贩毒集团杀害，两天前，牺牲的警察又是三十二名……贩毒集团目前窝藏在阿富汗较多，与宗教极端主义组织为一体，扣押外国人质是他们与政府讨价还价的筹码。因此，这几类事情互相斡旋，难分难解。通过贩毒而积累的巨额资金，使全部恐怖活动拥有巨大的人力资源和装备资源，让人不能不害怕。

我们往前走只有这一条路，避不开。对我来说，这种经历也是文化考察的一个部分，愿意冒险。几个伙伴一路在劝我，让我一个人拐到某个城市坐飞机走。我说如果我这样做，就实在太丢人。

伙伴们说："你是名人啊，万一遭难，影响太大。"

我说："如果被名声所累，我就不会跨出历险的第一步。放心吧，并不是所有的中国文人都是夸夸其谈、又临阵脱逃的。"

大家都明白前途险恶。我们在伊朗新认识的朋友曼苏尔·伊扎迪医生（Dr. Mansour Izadi）也赶到札黑丹来送我们。

深夜了，有人敲门，一看是他，手里提着一口袋鲜红的大石榴，要我在路上吃。

曼苏尔医生不仅能说一口标准的中国普通话，更让我惊讶的是，他说出来的上海话居然也很不错。原来，他是上海第二医科大学泌尿外科专业硕士。

曼苏尔医生非常热爱自己的国家和民族。有一句话他给我讲了很多遍，每次讲的时候双眼都流露出很大的委屈。他说，在中国，很多朋友总把伊朗看成是阿拉伯世界的，开口闭口都是"你们阿拉伯人……"，实在是很大的错误。我说："我知道，你们是堂堂居鲁士、大流士的后代，至少也要追溯到辉煌的安息王朝、萨珊王朝……"他笑了，然后腼腆地说："我弟弟的名字就叫大流士·伊扎迪，在北京工作。"

曼苏尔医生告诉我，阿拉伯人入侵时，把亚历山大都没有破坏的文化遗迹都破坏了，情景十分悲惨。但波斯文化人厉害，阳奉阴违，只用阿拉伯的字母，拼写的句子仍然是波斯语。阿拉伯统治者猛一看全用了阿拉伯文，其实，只把它们当作拼写方式而已，波斯语因此而保存了下来。

经他这么一说，我心中就出现了三个语言承传图谱。第一是中国，可称"一贯型"；第二是埃及，可称"中断型"；第三是波斯，可称"化装型"。相比之下，中国很神奇，埃及很不幸，波斯很聪明。

但曼苏尔医生又是一个虔诚的穆斯林，信奉伊斯兰教。他说，人类其实是很难控制自己的，必然导致自相残杀、灾难重重，因此应该共同接受一种至高无上的、公平而又善良的意志，使大家都服从。我们把它称为真主，但真主不是偶像。其他许多宗教也很好，而伊斯兰教处于一种完成状态……

他见我好像不大开窍，又语气委婉地说："我知道，在你们看来，我们这个宗教在礼拜和生活上规矩太多太严，不方便。但人类不能光靠方便活着，你们中国历史上很多伟大人物为了追求理想也故意寻找不方便……"

今天我们一大清早就要出发去边境，曼苏尔医生也起了个大早，亲自到厨房给我们准备了简单的早餐，又一再叮嘱，进巴基斯坦之后路途十分艰险，千万留神。

到了边界，我们果然看到了时时准备发射的大炮。

曼苏尔医生说，炮口对着阿富汗方向，是针对恐怖分子的。你们千万不要以为恐怖分子只是躲在土丘背后的黑影子，他们拥有坦克，包括一切先进武器。他们曾经辗转向伊朗政府带话，如果眼开眼闭让他们的毒品过境，每年可奉送十亿至二十亿美元，但伊朗政府坚决拒绝了。当然，不是一切国家的各级政府官员都会拒绝，因此形势变得极为复杂。

等我们走过铁丝网回头，看到曼苏尔医生还在不放心地目送我们。

我们向他挥手，又想快速地躲避他的目光，因为我们的几个小姐对于即将解除头巾的束缚太欢悦了，而这种欢悦可能会刺痛他太敏感的心。

一九九九年十二月一日，

札黑丹，夜宿 Esleghlal 旅馆

巴基斯坦

◎

黑影憧憧

从伊朗出关后，迎面是一间肮脏破旧的小屋，居然是巴基斯坦移民局所在。里面坐着一个棕皮肤、白胡子的胖老头，有点像几十年前中国农村的村长，给我们办过关手续。

破旧的桌子上压着一块裂了缝的玻璃，玻璃下有很多照片，像是通缉犯。一问，果然是。

在通缉犯照片上面又盖着一张中年妇女的照片，因泛黄而不像通缉犯。一问，是他太太。

两次一问，关系融洽了，而我们的小姐们还处于解除头巾束缚的兴奋中，不管老头问什么问题，都满口"吔、吔"地答应着。男士们开起了玩笑："见到白胡子就乱叫爷爷，怎么对得起……"

我知道他们想说怎么对得起家里的祖母，但他们似乎觉得不雅，没说下去。小姐们一点不生气，还在享受一个自由妇女的幸福。在她们幸福地摆动的肩膀后面，满墙都是通缉犯的照片。

老人在我们的护照上签一个字，写明日期，然后盖一个三角章。其实三角章正在我们手里玩着，他拿过去盖完一个，又放回原处让我们继续玩。不到几分钟，一切手续都已结束。这与我们以前在其他国家过关相比，简直是天壤之别。

走出小屋，我们见到了前几天先从德黑兰飞到巴基斯坦去"探路"的吴建国先生，他到边境接我们来了。

我们正想打招呼，却又愕住了，因为他背后贴身站着两名带枪的士兵。

巴基斯坦士兵的制服是一袭裙袍，颜色比泥土稍黑，又比较破旧，很像刚从战场上爬回来的，没有任何花架子。吴建国一转身他们也转身，吴建国上前一步他们也上前一步，可谓寸步不离。我们没想到吴建国几天不见就成了这个样子，而他老兄则摘下太阳眼镜向我们解释，说路上实在不安全，是巴基斯坦新闻局向部队要求派出的。"连我上厕所也跟着。"他得意地说。

听他这么一说我们都忍不住扑哧一声笑了，说："那你也该挑一挑啊。"原来两名士兵中有一个是严重的"斗鸡眼"，不知他端枪瞄准会不会打到自己想保护的人。

吴建国连忙说："别光看这一个，人家国家局势紧张，军力不足，总得搭配。你看这另一个，样子虽然也差一点，却消灭过十二个敌人。"旁边那个军人知道他的"首长"在说他，立即挺胸做威武状。

此后我们努力把吴建国支来支去，好看看两名士兵跟着他东奔西跑的有趣情景。相比之下，那位"斗鸡眼"更殷勤，可能是由于他还没有立功。

突然我们害怕了，心想如果谁狠狠地在吴建国肩上搐一拳，"斗鸡眼"多半会开枪。

进入巴基斯坦后我们向一个叫奎达（Quetta）的小城市赶去。距离为七百多公里，至少也得在凌晨一时左右才能赶到。

这条路，据曼苏尔医生说，因为紧贴阿富汗，比札黑丹一带还要危险，是目前世界上最不能夜行的路。

但是我们没有办法，不可能等到明天，只能夜间行走。理由很简单，边境无法停留，而从边境到奎达，根本没有一处可安全歇脚的地方，只能赶路。

危险的感觉确实比前两天更强烈了。

这种感觉不是来自荒无人烟，恰恰相反，倒是来自人的踪迹。

路边时时有断墙、破屋出现，破屋中偶尔还有火光一闪。

过一阵，这个路口又突然站起来两个背枪的人，他们是谁？是警察吗？但他们故意不看我们，不看这茫茫荒原上唯一的移动物。因此，这种"故意"让人毛骨悚然。

正这么紧张地东张西望，我们一号车的司机通过对讲机在呼叫："右边山谷转弯处有人用手电在照我们，请注意！请注意！"我们朝右一看，果然有手电，但又突然熄灭。

对讲机又传来最后一辆车的呼叫："有一辆车紧跟着我们的车队，让它走又不走，怎么办？"

前面路边有两个黑色物体，车灯一照，是烧焦的两个车壳。再走一段，一道石坎下蹲着三个人。这儿前不着村，后不着店，他们蹲在这里做什么？

正奇怪，前面出现了一辆崭新的横在路边的小轿车，车上还亮着灯，有几个人影。我们的心一紧，看来必定会遇到麻烦了，只能咬着牙齿冲过去。

但是，意想不到的事情发生了。我们还没来得及冲，只听惊天动地一声巨响，我们一辆车的车轮爆了。车轮爆破的声音会响到这种程度，我想是与大家的听觉神经已经过于敏感有关。其他几辆车的伙伴回过神来，都把车停了。那辆横在路上的小轿车，立即发动离去。

我想不管这辆车是善是恶，我们这种一声巨响后突然停住似乎要把它包围的状态，实在太像一队匪徒了。

在我们换轮胎的时候，走来两个背枪的人，伸出手来与我们握。我抬头一看，是两个很老的老人，军装已经很旧，而腰上缠着的子弹袋更是破损不堪。

竟然是这样的老人警卫着这个世界上最危险的地段？我默默地看着这两个从脸色到服装都很像沙漠老树根的老人，向沙漠走去。他们没有岗亭，更没有手机，更没有体力，真的出了事管什么用呢？

我相信今天夜里，我们一定遇到了好几批不良之徒，因为实在想不出那么多可疑的人迹在这千里荒漠间晃动的理由。但我们蹿过去了，唯一的原因是他们无法快速判断这样一个吉普车队的来源，而车身上那个巨大的凤凰旋转标志，又是那么怪异。

半夜一时到达奎达。整个小城满街军岗，找不到一个普通人。连空气都凝固了，这就叫"宵禁"。据说在这里，很少有不宵禁的时候。

除了早晨在曼苏尔医生手里拿到过一个煮蛋外，中餐和晚餐都没有吃过，可是饿过了劲，谁也不想动了。

一九九九年十二月二日，
巴基斯坦奎达，夜宿 Serna 旅馆

赤脚密如森林

今天惊心动魄。

昨天半夜到奎达才知道，这里去伊斯兰堡还非常遥远。

没有直路，只得到南方去绕，今夜最快也得在木尔坦（Multan）宿夜。

但是，不管从地图上看还是向当地人打听，绕道到木尔坦有九百多公里！

开出去不久就明白糟了，这是什么路呀，九百多公里开十六个小时都是快的。

高低不平的泥路使我们担忧，但最惊人的还是路边的景象。

到处都是灰土，连每棵树乍一看都像是用泥土雕出。树下是堆积如山的垃圾，垃圾上站着无数双赤脚。这儿的人似乎都不大喜欢洗脸理发，更遑论洗衣，因此也像是用泥土雕出。

今天不是星期天，但孩子们都站在这里。有几个在卖一块块的面食。面食上有绿点，那是豆角，有红点，那是颜色，但更多的是黑点，那是苍蝇。

房子全是泥砖，用石灰刷一下便是奢侈，而这些奢侈现在也均已脱落。

有人说这里的老百姓极端贫困，却有少数权势者因受贿而暴富。但是这些富人在哪里造了房？我们一小时一小时地走了那么远，怎么没有见到稍稍像点样的一间房子？

我不断在心里警告自己：千万不要以偏概全。于是暂不作为结论，只是让车不断往前开，以便让景观尽可能充分地展开。有时不相信自己的眼睛，便把车停下来细看。

最后，当我发现已经在这个地区整整行驶了一千五百多公里，就不能不做出判断了：辽阔的印度河平原的极大部分，承受着一种最惊人的整体性贫困。

对于贫困我并不陌生，中国西北和西南最贫困的地区我也曾一再深入。但那种贫困，至少有辛勤的身影、奋斗的意图、管理的痕迹、救助的信号。这一切，在这里很难发现。因此，惊人的不是贫困本身。

我们从伊拉克和伊朗过来，对比之下这儿非常自由。自由得没有基本的交通规则和卫生规范，自由得可以在大路边做任何搭建，自由得有那么多人在无事闲逛。我们已经在这"国道"边看到五六十个小镇了吧，所有镇子的道路旁，永远站满了大量蓬头垢脸的人，互相看来看去。从小孩、青年、壮年到老年，好像互相要看一辈子，真不知他们靠什么获得食品。

在这里我可断言，一路上感到的最惨痛景象，不是石柱的断残、城堡的倒塌、古都的湮灭，而是在文明古国的千里沃野上，那些不上学的孩子们的赤脚，密如森林。

已有充分的考古材料证明，印度河文明在公元前三千年，即距今五千年前已经高度发达。发达到什么程度？光从摩亨佐·达罗（Mohenjo—Daro）出土的遗迹看，建筑宏伟而坚固，设计精致而科学，私人住宅已有优良的浴室，城市的排水系统也很完善。

我以前就知道，早在三千五百年前这种文明已经退出历史舞台。但这个地方会衰败到这个样子，却是以前怎么也没有想到的。

按照过去习惯的思路，我们会把这儿衰败的原因说成是受到了外族的侵略和掠夺。如果这种说法成立，那也已经过去了很久很久。这个国家自治已有五十多年，完全独立也已有四十多年。作为一个农业国，土地没有被夺走，河流没有被夺走，气候没有被夺走，西方文明还为它留下了世界瞩目的自流灌溉系统。振兴和自强的机会，可以说年年月月都很充分，但都失去了。

就近期原因而言，可能是由于陷入了与邻国的军备竞赛，可能是由于走马灯般的政局更迭，可能是由于举世闻名的官场腐败……不管是什么，都需要有一次文明意义上的反省。文明的沦落，原因之一是失去了反省能力。

刚刚想了一下又上路了。一路行去，如果发现有一小段远年的沥青路，各车的司机就在对讲机里欢呼起来，但欢呼声立即噎住在狂烈的颠簸中。按照新来的节目主持人孟广美小姐的说法，五脏六腑全颠在一起了。

随着颠簸，车窗前后蒙上了一片片黄尘，像是突然下坠于黄海深处，怎么也泅不出来了。

路上的车不少，都强光照射，开得野蛮，横冲直撞，不顾一切地抢占着极狭的路面。我们的对讲机里不断传来第一、第二辆车发出的一个个警报："三辆严重超载的手扶拖拉机从右边冲过来了！""一头骆驼！三辆驴车！""两条牛横在路口！"……

一算，已经开了整整十六个小时，木尔坦还不知道在哪里。司机们开始想骂人了，但刚刚骂出半句又拿起了对讲机，说："此时此刻，大家千万不要浮躁，不要浮躁！"

　　沿途没有任何地方可以购买食品，大家都已经十几个小时没有任何东西下肚了。

一九九九年十二月三日，

巴基斯坦木尔坦，夜宿假日酒店

美的无奈

实在忍不住，要专门写一写此地的车。

开始一进国境线见到这儿的车被吓了一大跳。不管是货车还是客车，投入使用前都进行了大规模的改装。

先让驾驶室的三面外沿往上延伸，延伸到一定高度便向前方倾出，这就形成了一个圆扁形昂然凸现的高顶，大约高度为六米；车身也整个儿升高，与车头的高顶连接。几乎所有初来乍到的外国人都会不约而同地脱口而出："啊，棺材！"

六米多高的车身，在集体高度上肯定是世界之首。这样做，不是为了扩大运载量，而是追求好看和气派。所有的车，浑身用艳俗的色彩画满了多种图形，没有一寸空闲。画的图形中有花，有鸟，有人眼，有狮子，全都翠绿、深红、焦黄，光鲜夺目，又描了金线和银线。

驾驶室的玻璃窗上画的是两只大鸭子，鸭子身边还有红花绿草，驾驶员就从鸭脚下面的空当里寻找前面的路，像在门缝里偷看。

反光镜上飘垂着几条挂满毛团的东西，车开时一直飘至车身的中段。车头四周插着几十根镀了黄色的金属细棒，每根约两米长，棒头都扎着一团黑纱，车一开猛烈颤动，一直颤动下去。

很多车门改装成雕花木门，像中国旧家具中那种低劣的窗架。车身连接车轮的地方，垂满了叮叮当当的金属片，有的三角，有的椭圆，花里胡哨地直拖地面。

这些汽车由于成天栉风沐雨，全部艳丽都已肮脏，活像刚刚从一个垃圾场里挣扎出来，浑身挂满的东西还来不及抖落。

更恐怖的是在夜间。由于车身上贴满了各种颜色的反光纸，对面来车时车灯一亮，它就浑身反光。这种事情往往发生在荒山野岭，漆黑的山道上刚一转弯，猛然见到两三具妖光熠熠的棺材飞奔而来，实在会让天下最大胆的司机心惊肉跳。

我们的车队初遇这种情况时大家惊慌得瞠目结舌，不知来了什么。妖光熠熠的棺材越来越多，我们的车队被挤在中间，就像置身于阴曹地府。

由此我猛然憬悟：美与丑的极端性对比，便是人间与地狱的差别。

我们开始在路上寻找不做改装的特殊例外，很难，找了几天只找到一种，那就是警车。除了警车之外的一切车辆都被改装了，这里包含着多大的产业啊。在这样的产业中，必然又有数以万计的美术工匠在忙碌，因为车身上的一切艳彩都必须一一手绘。被这样改装的汽车中，有的还是世界名牌，日本的"日野"和"尼桑"很多，买来后全部拆卸，然后胡乱折腾。真不知这些名牌的设计师看到他们的产品变成了这个样子夺路飞奔，做何感想。

我花这么多篇幅来谈这件事，是因为这个例证既极端又普及，很有学术分析的价值。

照例，我们都会主张审美上的多元化，尤其尊重某个地区的集体审美选择，肯定它的天然合理性。但是，眼前的景象对此提出了否定。

更麻烦的是，否定过后，还是对它束手无策。

一、这种丑的普及不是由于某个行政的命令，而是一种民众趋附，因此也很难通过行政途径来纠正；

二、除了某些技术指标今后可能会有交通法规来限制外，这种丑基本上不犯法，因此也无法用法律的手段来阻止；

三、如果对这个问题进行讨论，那么，由于事情早已社会化，讨论也必然社会化，而在社会化讨论中，胜利者一定是当时当地的行时者；

四、只能寄希望于某个权势者个人的审美水平了，但不管是油滑的权势者还是明智的权势者，都不会在复杂的政治角逐中对这样的事过于认真；

五、似乎应该等待全民文化教育水平的提高，但这要等到何年何月？而且，这样的审美现实本身，就是一所所"学校"，正在构建着后代对它的审美适应……

总之，丑像传染病一样极易传播，而美要保持洁净于瘟疫之中，殊非易事。就一般状态而言，丑吞食美的几率，大大超过美战胜丑。

那么，一个严肃的大问题就摆在我们眼前了。我们这些人已经为政治民主奋斗了大半辈子，而且还为此继续奋斗下去，但是，在文化领域，所谓"艺术民主""审美民主"能够成立吗？如果成立，风险有多大？这种风险，有没有可能导致文明的沦落？

这些汽车，也会大大咧咧地飞奔到不远处的犍陀罗遗迹所在地吧？它们一定会鄙视犍陀罗，而犍陀罗早已讷讷难言，不会与它们辩论。

我相信街头站立的无数闲人中，一定也会有个别小学教师或流浪医生在摇头叹息。但这太脆弱，你听满街花棺材正在骄傲地齐声轰鸣。据说，邻近一些国家也都有了它们的身影。

美，竟然这般无奈。

一九九九年十二月四日，

由木尔坦至秋卡扎姆（ChowKazam）镇，夜宿中国水电公司宿舍

面对犍陀罗

伊斯兰堡（Islamabad）是我们这一路遇到的最年轻的城市，只有几十年历史。巴基斯坦决定为自己营造一个新首都，以便摆脱旧都城的各种负累，这便是伊斯兰堡的出现。

这样一座首都当然可以按照现代规划装扮得干净利落。我因为刚刚在这个国家的腹地走完两千多公里，见到这样一座首都总觉得有点抽象。它与自己管辖的国土差别实在太大了，连一点泥土星子、根根攀攀都没有带上来。忽然产生一个想法，那些联合国官员和外国领导人如果到了几次伊斯兰堡就觉得已经大致了解了巴基斯坦，那实在是太幽默的误会。

伊斯兰堡周围倒有一些很值得寻访的地名，例如，我们从小就耳熟能详的白沙瓦（Peshawar）、拉瓦尔品第（Rawalpindi），以及小时候并不知道的塔克西拉（Taxila）。这几个地方离得很近，在古代区划中常常连在一起。我首选塔克西拉，主要是因为它是犍陀罗艺术的中心。

从伊斯兰堡向西北驱车半小时，就到了塔克西拉。

路牌上标有很多遗址的名称，我们先去了比较重要的塞卡普

（SirKap）遗址。

这是两千多年前古希腊人造的一个城市，现在连一堵墙也没有了，只有一方一方的墙基，颓然而又齐整地分割着茂树绿草。

在离希腊本土那么遥远的地方出现古希腊城堡，我们立即就会想到公元前四世纪东征亚洲的亚历山大。他的部队到这里还有八万多人，分两个地方驻扎，这儿便是其中之一。

这里由一个老兵营的繁衍生息而扩充成一个都城，已经是公元前二世纪的事情了。大概热闹了三四百年光景吧，在公元二世纪沦落。

作为一个遗迹挖掘出来是在二十世纪中叶，挖掘的指挥者是英国考古学家马歇尔。

塞卡普遗址中有一个石质的佛教讲台。底座浮雕图案中刻了三种门，一种是希腊式的，一种是本地式的，一种是印度式的。门上栖息着双头鹰，据说象征着东、西方交汇于一体。

在这个佛教讲台边上，高高低低地排列着很多千年石块，大多是断残的，因此显得很乱。我和孟广美小姐一起坐在这乱石丛中想休息一会儿。广美问我："亚历山大明明是千里侵略，为什么这里的人总是用崇敬的口气谈起他呢？"

我想了想，说："他攻占波斯后，带头与大流士三世的女儿结婚，与他同日结婚的马其顿军官和波斯女子多达一万对。这种远征很特别，先留驻人种，再留驻文明，也就是他老师亚里士多德的希腊文明。那婚礼，全都变敌为亲，使反抗失去了理由。"

亚历山大留下的希腊人的后代，不知经历过多少文明冲撞和融合的悲喜剧，可惜没有详细记载。只剩下这个佛教讲台上的雕刻，静静地歌颂着文化融合。

犍陀罗艺术，就是在这种融合中产生的。

犍陀罗（Gandhara）原来是塔克西拉一带的地名，公元一世纪曾为贵霜王国首都，也曾称为犍陀罗国。但在世界艺术史上所说的犍陀罗艺术，范围要大一点，除这一带之外，连同阿富汗南部方圆几百公里间所发现的公元一世纪后的佛像艺术，都可以算在里边。这是东方艺术研究中一个少不了的课题。我本人十几年前在研究东方美学时，也曾一再地搜集过与它有关的资料，因此到这里来深感亲切。

犍陀罗是划时代的。在它之前，佛教图像一直是象征性的动植物和其他纪念物。由犍陀罗开始，直接雕刻佛陀和菩萨像。这肯定是受了古希腊人体雕塑艺术的影响，当初亚历山大远征军中就跟随着不少希腊艺术家。

犍陀罗的佛像从鼻梁、眼窝、嘴唇到下巴都带有欧洲人的特征，连衣纹都近似希腊雕塑。但在精神内质上，又不太像是欧洲。面颜慈润，双目微闭，宽容祥和，一种东方灵魂的高尚梦幻。

如果细细分析，犍陀罗综合的文化方位很多，不仅仅是印度文化和希腊文化。这儿当时是一个交通要冲，各方面的文化都有可能涡漩在一起。据中国驻巴基斯坦大使陆树林先生告诉我，当地有学者认为，犍陀罗中所融合的蒙古成分，不比希腊成分少。我还没有看到这位学者的具体论据，因此暂时还不能发表意见，等读了他的论文再说吧。

离塞卡普遗址不远处，有一个塔克西拉考古博物馆。这个博物馆很小，其实只是分成三块小空间的一个大间房，但收藏的内容不错，其中最精彩的还是犍陀罗艺术。

我在一尊尊佛像前想，幸好有犍陀罗，使佛经可以直观。这里，尽管很多佛像已不完整，但完整的佛经却藏在它们的眉眼之间。

佛教与其他宗教不同，广大信徒未必读得懂佛经，因此佛像便成为一种群体读解的"本"，信徒只须抬头瞻仰，就能在直观中悟得某种奥义。我曾把这种感受效应挪移到艺术理论上，在《艺术创造论》一书中提出过"负载哲理于直观中"的审美效应理论。我把这种审美效应，称之为"佛像效应"。

今天，我脚下的土地，正是最初雕塑佛像的地方。居然雕塑得那么出色，一旦面世，再也没有人能超越。

犍陀罗，我向你深深礼拜。

一九九九年十二月五日，
巴基斯坦首都伊斯兰堡，夜宿 Marriott 旅馆

玄奘和法显

塔克西拉有一处古迹的名称很怪，叫国际佛学院，听起来很像现代的宗教教育机构。其实，是指乔里央（Jaulian）的讲经堂遗址。

由于历史上这个讲经堂等级很高，又有各国僧人会聚，说国际佛学院并不过分。它在山上，须爬坡才能抵达。

一开始我并不太在意，但讲经堂的工作人员对我们一行似乎另眼相看。一个上了年纪的棕脸白褂男子，用他那种不甚清楚的大舌头英语反复地给我们说着一句话，最后终于明白，他在说，这是我们中国唐代的玄奘停驻过的地方。

他还说，玄奘不仅在这里停驻过，还讲过经。

这一来，我就长时间地赖在这个讲经堂里不愿离开了。讲经堂分两层，全是泥砖建造，上下都极其古朴。

首先进入底层。四周密密地排着一个个狭小的打坐间，中间厅堂里则分布着很多打坐台，我们在打坐台之间小心穿行。看得出来，坐在中间打坐台上的僧人，级别应该高一点。中间打坐台也有大小，最大的一种打坐台里，有一个玄奘的纪念座。

这一层的壁上还有很多破残的佛像，全都属于犍陀罗系列。破残的原因可能很多，不排斥其他宗教的破坏，但主要是年代久远，自然风化。

这些佛像有些是泥塑，有些由本地并不坚实的石料雕成，这与希腊、埃及看到的"大石文化"相比，有一种材质上的遗憾。

第二层才是真正讲经的地方。四周依然是一间间打坐听经的小间，中间有一个宽大平整的天井。这格局正好与底层相反：天井是一般听讲者席地而坐的所在，而拥有四周小间的，都应该是高僧大德。

天井的一角有一间露顶房舍，标写着"浴室"。当然谁也不会在庄严的讲堂中央洗澡，那应该是讲经者和听讲者用清水涤手的地方。

与讲经堂一墙之隔，是饭厅和厨房。当年僧人们席地而坐，就着一个个方石礅用餐。这样的石礅，现在还留下四个。饭厅紧靠山崖，山崖下是一道现在已经干涸的河流，隔河是几座坡势平缓的山。据说当时来听讲的各地普通僧人，就在对面山坡上搭起一个个僧寮休息。

我们的玄奘，不必到山坡上去，一直安坐在底楼的打坐台上。待到有讲经活动的时候，也能拥有楼上的一小间。偶尔，在众人崇敬而好奇的目光中，以讲经者身份走到台前。

玄奘抵达犍陀罗的时间大约是公元六三〇年或稍迟。他是穿越什么样的艰难才到达这里的，我们在《大唐西域记》里已经读到过。他从大戈壁到达犍陀罗，至少要徒步翻越天山山脉的腾格里山，再翻越帕米尔高原，以及目前在阿富汗境内的兴都库什山。

这些山脉，即便在今天装备精良的登山运动员看来，也是难于逾越的世界级天险，居然都让这位佛教旅行家全部踩到了脚下。

当他看到这么多犍陀罗佛像的时候立即明白，已经到了"北天竺"，愉悦的心情可想而知。他把一路上辛苦带来的礼物如金银、绫绢分赠给这儿的寺庙，住了一阵。然后，开始向印度的中部、东部、南部和西部进发。

这里是他长长喘了一口气的休整处，这里是他进入佛国圣地的第一站。

我在两层讲经堂之间反复行走的时候，满脑满眼都是他的形象。我猜度着他当年的脚步和目光，很快就断定，他在这里一定想到了法显。法显比玄奘早二百多年已经到达过这里，这位前代僧人的壮举，一直是玄奘万里西行的动力。

法显抵达犍陀罗国是公元四〇二年，这从他的《佛国记》中可以推算出来。法显先是穿越了塔克拉玛干大沙漠，然后也是翻过帕米尔高原到达这里的。他比玄奘更让人惊讶的地方是，玄奘翻越帕米尔高原时是三十岁，而法显已经是六十七岁！

法显出现在犍陀罗国时是六十八岁，而这里仅仅是他考察印度河、恒河流域佛教文化的起点。

考察完后，这位古稀老人还要到达今天的斯里兰卡，再走海路到印度尼西亚，然后北上回国，那时已经七十九岁。从八十岁开始，他翻译带回来的经典，并写作旅行记《佛国记》，直至八十六岁去世。

这位把彪炳史册的壮举放在六十五岁之后的老人，实在是对人类的年龄障碍作了一次最彻底的挑战。

站在犍陀罗遗址中，我真为中国古代的佛教旅行家骄傲。中国文化的史记传统使他们保持了文字记述的习惯，为历史留下了《佛国记》和《大唐西域记》。现在，连外国历史学家也承认，没有中国人的这些著作，一部佛教史简直难于梳理。甚至连印度史，也要借这些旅行记来修订。

中国人的来到虽然晚了一点，但用准确的文字记载填补了这里的历史，指点了这里的蕴藏，复活了这里的遗迹。在这古印度文化和古希腊文化的交汇处，中国人终究没有缺席。

一九九九年十二月六日，
伊斯兰堡，夜宿 Marriott 旅馆

远行的人们

我以前曾经说过，古代中国走得比较远的有四种人，一是商人，二是军人，三是僧人，四是诗人。

细说起来，这四种人走路的距离还是不一样。丝绸之路上的商人走得远一点，而军人却走得不太远，因为中国历代皇帝都不喜欢万里远征。

那么僧人与诗人呢？诗人，首先是那些边塞诗人，也包括像李白这样脚头特别散的大诗人，一生走的路倒确实不少，但要他们当真翻越塔克拉玛干沙漠和帕米尔高原就不太可能了。即使有这种愿望，也没有足够的意志、毅力和体能。诗人往往多愁善感，遇到生命绝境，在精神上很可能崩溃。至于其他貌似狂放的文人，不管平日嘴上多么万水千山，一遇到真正的艰辛大多逃之夭夭，然后又转过身来在行路者背后指指点点。文人通病，古今皆然。

僧人就不一样了。宗教理念给他们带来了巨大的能量，他们中的优秀分子，为了获取精神上的经典，有可能走出惊天地、泣鬼神的脚步。

我们这一路走来，曾在埃及的红海边想象古代中国商人有可能抵达的极限，而在巴比伦和波斯古道，则已经可以判断他们千年之前的脚印。

千年之前，当其他古文明的马蹄挥洒万里的时候，中华文化还十分内向。终于有两个僧人走出，要用中国文字来吸纳域外的智慧。

我们与他们在犍陀罗逆向遭遇，但接下来，却不再逆向，而是要追随他们去考察印度，即他们所说的佛教圣地天竺了。

在塔克西拉的山坡上我一直在想，法显和玄奘经历千辛万苦来到这里，实际上是插入了别国的历史。那么，是插入了人家的哪一段历史呢？

法显是五世纪初年到达的，离释迦牟尼创立佛教已有九百年，离阿育王护法也有六百多年，已经进入大乘佛教时代的中段。大乘佛教经三百多年前的马鸣和一百多年前的龙树的整理阐扬，在理论上已蔚为大观，在社会上则盛极一时。法显在我现在站立的地方向西不远处，当时叫弗楼沙的所在（今天的白沙瓦）曾见到过壮丽的"迦腻色迦大塔"，叹为观止。而当时，这样的大塔比比皆是。这也就是说，他来对了时候。

玄奘来的时候，已是大乘佛教时代的后期。他比二百多年前的法显幸运的是，遇到了古代印度史上最后一位伟大的君主戒日王。戒日王正在重振大乘佛教，对玄奘也优礼有加。那么，玄奘来得也正是时候。在戒日王之后，佛教衰微，以后就进入了密教时代。

他们都在历史的辉煌期到达，不能不关注辉煌的来源和去处。因此他们实际取到的东西，要比带回来的典籍多得多。

人生太短促，要充分理解一种文明已经时间不够，更何况是多种文明。因此，应该抓紧时间多走一些路。法显、玄奘在前，是一种永远的烛照。

我们，无非也就是在追摹他们罢了。

一九九九年十二月七日，
伊斯兰堡，夜宿 Marriott 旅馆

国门奇观

　　拉合尔向东不远就是印度。现在巴基斯坦和印度正在进行着严重的军事对峙，两国一次次进行核试验，让全世界都捏一把汗。那么，它们的边界会是什么样的呢？

　　本来只是一个小小的好奇，谁料面对的是真正的天下奇观。

　　在靠近边界的时候就渐渐觉得有点不对，刚刚还是尘土飞扬、摊贩凌乱，怎么突然整洁到这个程度？完全像进入了一个讲究的国家公园，繁花佳树、喷泉草坪，而那条路也越来越平整光鲜。

　　终于到了边境，岗哨林立，大门重重，我们被阻拦，只能站在草坪上看。看什么呢？说过一个小时，有一个降旗仪式。我们一看时间是下午三时一刻，那就等吧，拍摄一点边境线上降旗的镜头，可能有点意思。

　　这时才发现，边境有三道门。靠这边一个红门，属于巴基斯坦；靠那边一个白门，属于印度；在红门和白门中间有一个黄门，造得很讲究，是两国共用之门。共用之门的左右门柱上各插一面国旗，左边是巴基斯坦国旗，右边是印度国旗，一样高低，一样大小。三道门都是镂空的，一眼看过去，印度一边也是繁花佳树、喷泉草坪，一样漂亮。

　　两方军人，都是一米九以上的高个子年轻人。巴方黑袍黑裤，上身套一件羊毛黑套衫，系一副红腰带，一条红头巾，红黑相间，甚是醒目；

208

印方黄军装、白长袜，头顶有高耸的鸡冠帽，比巴方更鲜亮一点。

正当我们打量两方军人的时候，发现身边已经聚集了一批批学生和市民，他们好像也是来观看降旗仪式的。令人惊讶的是，印方那边也聚集了，人数与构成也基本相同。

四时一刻，一声响亮而悠长的口令声响起。似有回声，仔细一听，原来是印方也在喊口令，一样的响亮，一样的调门。他们是敌国，当然不会商量过这些细节，只是每天比来比去，谁也不想输于谁，结果比出来一个分毫不差。

口令声响起的地方离我们所在的国门边还有一点距离，在那里，降旗的礼仪部队在集合，集合完之后便正步向这里走来。由于印巴双方要同时走到那个共用之门，因此正步走的距离也完全一样。更重要的是姿势，步步关及国威，不能丝毫马虎。两边士兵都走得一样有力，一样夸张。

每一步都传来欢呼，到这时才知道，那些学生和市民不是自己来参观，而是组织来欢呼的。印度那边也是一样，军人比赛带出了民众比赛。

仪仗队已经正步走到我们跟前，突然停下，为首的那个士兵用大幅度的动作向一个中年军官敬礼，我估计是表明准备已经就绪，等待指示。中年军官表情矜持，猛然转身，跑几步，到一个年轻的娃娃脸军官面前，向他敬礼请示，原来这个娃娃脸军官级别更高。

突然想起，这个娃娃脸军官在仪式开始前就有过暗示自己身份的表现。他来到后，走到我们一排人中站得最外面的高个儿驾驶员李兆波前，伸手紧握，并且讲了长长一篇话。他以为李兆波站在第一个，一定是我们一行的首领。

兆波也满脸笑容，与他长时间地握手、寒暄，远远一看真是相见恨晚、叙谈甚欢。但我已经听见，娃娃脸军官说的是我们谁也不懂的本地乌都语，而兆波则用外交家的风度在说山东话："俺听不明白，俺哪里知道你在嘀咕些什么？"

他走后兆波还问我："他在说什么？"我立即翻译：他说，"不知道您老人家光临敝国，有空到寒舍坐坐，礼物不必带得太多。"当时大家都笑了一通。哪知他长着个娃娃脸却官职不小，统领着国门警卫。

我们正对他另眼相看，没想到怪事冲我来了。娃娃脸军官接受中年军官的敬礼和请示后，转来转去玩了一些复杂动作，然后向我迈近几步，居然毕恭毕敬地向我敬礼、请示了！

我一阵慌张，不知怎么办。左右扭头，才发现在我身后，有一个穿蓝色旧西装的矮个子年轻人，挤在众人中间，向娃娃脸军官点了点头。唉，这才是这儿真正的首脑。他发现我们都在注意他，腼腆地一笑，快速移身，埋没在人群中了。

娃娃脸军官获得指令后，仪式进入高潮。抬头看去，印度方面也同样上劲了。

这边仪仗队中走出一个士兵，用中国戏曲走圆场的方式在这国境大道上转圈，速度之快可以用"草上飞"三字来形容。转完，回队，就有一个士兵用极其夸张的脚步向边境大门走去。

夸张到什么程度？他屈腿迈步时膝盖抵达胸口，迈几步又甩腿，一甩把脚踢过了头顶。更惊人的是每步落地时的重量，简直是咬牙切齿地要把皮鞋当场踩碎，要把自己的关节当场跺断。

用这样的步伐向印度走去，像是非把印度踏平了不可。对方也出一个士兵，脚步之重也像要把巴基斯坦踏平、踩扁。

两人终于越走越近，目光中怒火万丈，各不相让。这倒让我们紧张了一会儿，因为从架势看两人都要把对方囫囵吃了。

但是，就在他们肢体相接的一刹那，两人手脚的间距不到半寸，突然转向，各自朝自己的国旗走去，让我们松了一口气。

一个在国旗下刚站定，仪仗队中走出第二个士兵，完全重复第一个的动作，要把皮鞋踩碎，要把关节跺断，要把敌国踏平，要把对方吃了，然后又在半寸之地突然转身……这时我们就不紧张了，都在捂嘴暗笑。而我则改不了看旧戏的习惯，每当他们憋一次劲就脱口叫一声好。

好，现在一边五个站满了，彼此又挺胸收腹地狠狠跺了一阵脚，然后各有一名士兵拿出一支小号吹了起来。令人费解的是，居然是同一个曲子，连忙拉人来问，说是降旗曲。

两面国旗跟着曲子顺斜线下降，斜线的底部交汇在一起。两边的仪仗队取回自己的国旗，捧持着正步走回营房。

哐啷一声，国门关了。

看完这个仪式回旅馆，路上有朋友问我有何感想。我说：越是对抗越是趋同，这种现象很值得玩味。

一九九九年十二月十日，

拉合尔，夜宿 Avari Lahore 旅馆

"佛祖笑了"

本来今天肯定要过关进印度，没想到临时传来消息，印度当局只许我们进人，不许进车。那就只好继续与他们交涉了，我们在拉合尔等着。

在拉合尔这样的边境城市，最容易触发对两国关系的思考。

巴基斯坦与印度，围绕着克什米尔的归属，吵吵打打很多年。在外人看来像是分家的两兄弟打架，没太当一回事，我们中国只是因为离得太近，才稍稍关注。但谁能料到，去年五月，先是印度，后是巴基斯坦，两国分别进行了五次和六次核试验，亦即在短短十几天内共进行了十一次！这不能不把世界震惊了，成了二十世纪末为数不多的顶级人类危机。

印度核爆炸的地方，离印巴边境不远，在我们现在落脚的拉合尔南方一个叫博克兰的地方。巴基斯坦核爆炸的地方，离我们那天从伊朗扎黑丹到奎达的那条路不远，一个叫查盖的地方。

印、巴都不是《不扩散核武器条约》规定的合法有核国家，但从连续试验的次数看来，实在都有点疯了。尤其是印度，不仅是始作俑者，而且公开宣布在必要时将"毫不犹豫地动用核武器"。动用核武器居然可以"毫不犹豫"，这对全世界将意味着什么？

让我难过的是，发出这种最恐怖声音的这个人种，这种嗓门，曾经诵唱过天下最慈悲、最悦耳的经文。

写到这里，窗外传来铺天盖地的晚祷声，这是从不远处的巴德夏希
（Badshahi）清真寺传来的。这个清真寺据说是世界最大，不知是否确实。
在边境线上有这样一座清真寺，象征性地表明两国的冲突有宗教渊源。

一九四七年的印、巴分治，其实就是在英国殖民者的设计下，由"宗
教特点"来划分的。这一划，大约有六百多万穆斯林从印度迁入巴基斯
坦，有二百多万印度教徒从巴基斯坦迁入印度，又把一个克什米尔悬置
在那里，留下了政治冲突的祸根。

政治冲突和宗教冲突搅一起，终于，逐步升级到核对峙。

让人哭笑不得的是，二十几年前印度首次核试验成功的暗语，居然
是"佛祖笑了"。佛教是各个宗教间最和平的一种，从不炫武征战，怎
么到了核冒险的时刻，反要佛祖微笑？

这又触及到了文明的一个要害部位。宗教，既可能是文明的起始，
又可能是文明的归结。一种文明离开了宗教是不完整的，同样，一种宗
教脱离了文明也是要不得的。

《不扩散核武器条约》批准至今，在"核门槛"上徘徊的国家，仅
我们这次沿途经过的就有以色列、伊朗、巴基斯坦、印度。我不知道今
后的人类对自身还有多少约束力，如果没有，那么，对文明的毁灭性引
爆，将发生在旦夕之间。

一九九九年十二月十一日，
拉合尔，夜宿 Avari Lahore 旅馆

印度 ◎

杰出的建筑狂

这座城市叫新德里，因为在它北边还有一个老德里。

新德里新得说不上历史，老德里老得说不清历史。现在它们已经连在一起了，使岁月显得更加混沌。

那么，先去老德里。

由于到处都是人，很难找路，我们雇了一辆当地的出租车。刚停车，还没开车门，已经有两双小手在外面拍打玻璃，一看，六七岁的两个小孩。印度司机立即冲着我喊："千万别给钱，一给，马上围过来五十个！"

快速挤出去，终于到了一个稍稍空一点的街边，有一只黑黑的大手抓住了我的袖子。扭身一看，一个衣衫鲜艳的汉子，正把肩上的一个箩筐放下，从里面取出一只草笼，要揭开盖子给我看。我见他另一只手拿着一支笛子，立即判断他要做眼镜蛇的舞蹈表演了。早就听说这种表演是万万看不得的，因为不知道他会索取多少钱，而索钱时又会如何让眼镜蛇配合行动。我平生怕蛇，于是立即逃奔。

终于来到一个宽敞处，前面已是著名的红堡。红堡是一座用红砂石砌成的皇宫，主人是十七世纪莫卧儿王朝的第五代帝王沙杰汗（Shah Jahan）。

这座皇宫很大，长度接近一公里，宽度超过半公里。从雄伟的拉合尔门进入，里面也是一个街市，但气氛与宫外完全不同，竟相当整齐。我在街边的文物商店买了一尊印度教大神湿婆的黄铜雕像，沉沉地提在手上。

我一直对十一世纪之后的印度史提不起兴趣。只是对三百多年的莫卧儿王朝有点另眼相看。原因是，它有几个皇帝让人难忘。

第一代皇帝巴布尔（Babur）是成吉思汗的后代，这已经有点意思。他勇敢而聪明，身处逆境时还想躲到中国来当农民，却终于创建了印度最重要的外族王朝。只是他死时才四十几岁，太年轻了，给人留下的印象不太完整。

更有意思的是第三代皇帝阿克拔（Akbar），他作为一个外族统治者站在这块土地上居然非常明智地想到了宗教平等的问题，甚至还分别娶了信奉印度教、伊斯兰教和佛教的皇妃。最让我注意的一件事情是，他召集了一次联合宗教会议，说印度的麻烦就在于宗教对立，因此要创立一种吸收各种宗教优点的新宗教，并修建了"联合宗教"的庙宇。印度人对这位皇帝产生了好感，但在信仰上又不想轻易改变，而原先占统治地位的伊斯兰教则多数不同意。这种局面招致他在皇族中势力减弱，又加上儿子谋权心切，一来二去，凄凉而死。他的儿子不怎么样，而孙子又有点意思。孙子不是别人，就是我现在脚踩的皇宫的建造者沙杰汗。

沙杰汗这个皇帝不管在政治上有多少功过，他留在印度历史上最响亮的名位应该是"杰出的建筑狂"。除了眼前这座皇宫，他主持的建筑难以计数，最著名的要算他为皇后泰姬玛哈（Taj Mahal）修建的泰姬陵。

泰姬陵已经进入任何一部哪怕是最简略的世界建筑史，他也真可以名垂千古了。

泰姬皇后在他争得王位之前就嫁给了他，同甘共苦，为他生了十四个孩子，最后死于难产，遗嘱希望有一个美丽的陵墓。沙杰汗不仅做到了，而且远远超出亡妻的预想。

这个陵墓，由两万民工修建了整整二十二年，现在还完好地保存在阿格拉，如果时间允许，应该去看看。

有人说，由于沙杰汗建造了太多豪华建筑，耗尽了大量财富，致使莫卧儿王朝盛极而衰。这也许是对的，但从历史的远处看过去，一座美丽的建筑有时比一个王朝还重要。

有几个历史场面让我感动。例如，沙杰汗在妻子死亡以后，有两年时间不断与建筑师们讨论建陵方案，两年后方案既定，他已须发皆白。又如，泰姬陵造好后，他定时穿上一身白衣去看望妻子的棺椁，每次都泣不成声。

他与祖父遭到了同一个下场：儿子篡权。他的三儿子奥伦泽布（Aurangzeb）废黜并囚禁了他，囚禁地是一座塔楼，隔一条河就是泰姬陵。

他被囚禁了九年，每天对着妻子的陵墓。在晨雾暮霭间他会对妻子的亡灵说些什么呢？我想，他心底反复念叨的那句话，用中国北方话来说最恰当："老伴，咱们的老三没良心！"

幸好，他死后，被允许合葬于泰姬陵。

一九九九年十二月十五日，
新德里，夜宿 Surya 旅馆

218

忧心忡忡

在巴基斯坦时已经从香港方面传来消息，日本的《朝日新闻》在找我。我想不管什么事等我结束这次旅行后再说吧，没太留心。谁知昨天接到电话，说《朝日新闻》的中国总局局长加藤千洋先生已经与翻译杨晶女士一起赶到了新德里，而且已经找到这家旅馆住下了。这使我颇为吃惊，什么事这么紧急？

见面才知，《朝日新闻》在世界各国选了十个人，让他们在二〇〇〇年的开头依次发表对新世纪的看法，不知怎么竟选上了我。这就把身为中国总局局长的加藤先生急坏了，先到上海找我，没找到，后来终于在香港大体摸清了我们的旅行路线，准备到尼泊尔拦截。但算时间，到尼泊尔已经接近年尾，来来去去可能会赶不及发稿时间，就决定提前到印度守候采访。

人家那么诚心，我当然要认真配合。于是立即见面，并快速进入正题。我刚刚走过的路程，以及今天谈话的地点，使话题变得很大，又非常沉重。

加藤先生准备得很仔细。他采访的问题大致是：二十世纪眼看就要结束，人类有哪些教训要带给新的世纪？两次世界大战的惨痛有没有铭记？联合国秘书长安南不久前说，最近十年死于战乱的人数仍高达五十万，可见自相残杀并未停止，新世纪怎么避免？除了战争，还有大量危机，例如地球资源已经非常匮乏，而近几十年发展情况较好的国家却以膨胀的物欲在大量浪费，资源耗尽了该怎么办？又如人口爆炸还在继续，但是文明程度高、教育状况好的群落却是人口剧减，这又如何是好？至于在政治和宗教方面的冲突，并没有缓和的迹象……那么，人类应该如何共生共存？

当然更主要的问题是，作为一个中国文化人，经过这次大规模历险考察，对世界文化和中国文化的看法有什么变化。

这些问题，没有人能简单回答，只能讨论。录音机亮着红灯在桌子上无声地转动，我和加藤先生、杨晶女士三人越谈越忧心忡忡，不时地摇头、叹气，确实很难轻松起来，只是我对中国的经济前途比较看好。感谢《朝日新闻》带来的刺激，使我可以把这些问题思考得更深入一些。

一切危机都迫在眉睫。文化本来应该是一种提醒的力量，却又常常适得其反，变成了颠倒轻重缓急的迷魂阵。这次在路上凡是遇到特别触目惊心的废墟我总是想，毁灭之前这里是否出现过思考的面影、呼唤的声音？但是大量的历史资料告诉我，没有，总是没有。

加藤先生想把谈话的气氛调节得轻松一点，说起昨天刚到印度时的一件小事。

他在街上走，有一个人追着要为他擦皮鞋，他觉得没必要，拒绝了。谁知刚一拒绝，那人就取出一团牛粪往加藤先生皮鞋上甩，一下沾上了，只得让他擦。擦完，竟然索价三百五十卢比，其实这里擦鞋十个卢比已经足够。旁边突然走出两个"托"，以调解的面孔劝加藤先生出二百卢比……

没等加藤先生说完我就笑了，觉得人类之恶怎么这样相似。我说我有与你一样的遭遇，在中国文化界一直有人向我泼污，又问我想不想让他擦去，而擦去也是需要代价的。

加藤先生说："从这样的小事想开去，人类怎么来有效地阻止邪恶？"

我说："我们以往的乐观，是因为相信法律和舆论能维持社会公理。但是，就说你遇到的这件小事，如打官司，证据何在？至于舆论，除了那两个帮凶，别人根本不可能来关心。来关心更麻烦，例如在印度教徒看来，那头拉粪的牛很可能是神牛，你还福分不浅呢。以小见大，联系到一系列世纪难题，人们都在各自使坏，根本不在乎灾难降临。面对这种情况，我们怎么能乐观得起来呢？"

一九九九年十二月十六日，
新德里，夜宿 Surya 旅馆

甘地遗言

离开新德里前，我想了却一桩多年的心愿，去拜谒圣雄甘地的墓。

顺道经过庄严的印度门，停下，抬头仰望。因为我知道，这个建筑与甘地墓之间存在着一个重要的历史逻辑。

这座印度门，纪念第一次世界大战期间为英国参战而牺牲的九万印度士兵。这九万士兵牺牲前都以为，这样死命地为英国打仗，战争结束后英国一定会让我们印度独立，而战场上的英国军官也信誓旦旦。但等到战争结束，根本没那回事，全都白死了。

我细看了，印度门上刻着一个个战死者的名字。刻不下九万个，只刻了一万多，作为代表。

甘地就是在英国不讲信义之后，领导民族独立运动的。他把以前英国政府授予他的勋章交还给殖民政府，发起了一场以和平方式进行的"不合作运动"，来对抗英国。

但是，人民喜欢暴力。尤其是在印度教和伊斯兰教之间，更是暴力不断。甘地便以长时间的绝食来呼吁停止暴力、争取和平。他的这种态度，势必受到各方面的攻击，有些极端分子几次要杀害他，而政府也要判他的刑。但他，绝不抵抗，绝不报复。

他说："如果我们用残暴来对付邪恶，那么残暴所带来的也只能是邪恶。如果印度想通过残暴取得自由，那么我对印度的自由将不感兴趣。"

终于，人民渐渐懂得了他，殖民者也被他这种柔弱中的不屈所震惊。他成功了，印度也取得了独立。没想到，才独立不久，他还是被宗教极端分子所杀害。

甘地墓在德里东北部的朱木拿河畔。门口有一位老妪在卖花，在一张树叶上平放着五六种不同的小花，算作一份，很好看。我买了四份，分给几位同来的朋友，然后把鞋袜寄存在一个门卫那里，按照印度人的习惯，赤脚进入，手上捧着花。

我们把花轻轻地放在墓体大理石上，然后绕墓一周。墓尾有一具玻璃罩的长明灯，墓首有几个不锈钢雕刻的字，是印地文，我不认识，但我已猜出来，那不是甘地的名字，而是甘地遇刺后的最后遗言："嗨，罗摩！"

一问，果然是。

罗摩是印度教的大神，喊一声"嗨，罗摩"，相当于我们叫一声："哦，天哪！"

那么，这是我见过的最聪明的墓碑了。生命最后发出的声音最响亮又最含糊，可以无数遍地读解又无数遍地否定，镌刻在墓碑上让后人再一遍遍地去重复，真是巧思。

甘地面对自己深深关爱过的暴徒向自己举起了凶器，只能喊一声："哦，天哪！"除此之外，他还能说什么呢?

这样一个墓碑在今天更加意味深长。

如果今天墓园里人头济济、拥挤热闹，在无数双赤脚的下方，甘地幽默地哼一声："哦，天哪！"

如果明天墓园里人迹全无、叶落花谢，甘地又会寂寞地叹一声：

"哦，天哪！"

如果印度发达了，车水马龙、高楼林立、喇叭如潮，一向警惕现代文明的甘地一定会喊："哦，天哪！"

如果印度邪门了，穷兵黩武、民不聊生、神人共愤，一向爱好和平、反对暴力的甘地更会绝望地呼叫："哦，天哪！"

甘地一直认为人口问题是印度的第一灾难，说过"我们只是在生育奴隶和病夫"的至理名言，现在，他从墓园向外张望，只须看到一小角，就足以让他惊叫一声："哦，天哪！"

离开甘地墓后，我心中一直回荡着甘地的声音。那么，还是让它用印地语来发音吧——嗨，罗摩！

一九九九年十二月十八日，

新德里，夜宿 Surya 旅馆

成人童话

自新德里向东南方向行驶二百多公里，到阿格拉，去看泰姬陵。

阿格拉这座城市杂乱拥挤，仍然是满街小贩和乞丐，满地垃圾和尘土，闹哄哄地搅得人心烦躁。

终于在一座旧门前停下。买票进去一看，院子确实不错，转几个弯见到一座漂亮的古典建筑，红白相间，堪称华丽，从地位布置上看，也应该是大东西了。因此，很多游人一见它就打开镜头，摆弄姿势，忙忙碌碌地拍摄起来。人在这方面最容易从众，很快，拍摄的人群已堵如重墙。

突然，有一个被拍摄的姑娘在步步后退中偶尔回首，看到这座古典建筑的一道门缝。这一看不要紧，她完全傻住了，呆呆地出了一会儿神，然后转身大叫：不，这不是它，它在里边！

所有的摄影者立即停止工作，拥到门缝前，一看全都轻轻地"哗"一声，不再言动。

哪里还有什么红白相间，哪里还有什么漂亮华丽，它只是它，世界第一流的建筑，只以童话般的晶莹单纯完成全部征服。

我从门缝里见到它的时候只有一个想法，世间最杰出的精英是无法描述的，但一眼就能发现与众不同。有点孤独，有点不合群，自成一种气氛，又掩不住外溢的光辉，任何人都无法模仿。这样的作品在人类历史上一共没有几件，见到它的人不分智愚长幼、国籍民族，都会立即叫起好来。现在，它就在眼前。

小心翼翼地往前走，走到了跟前就小心翼翼地脱鞋，赤脚踩在凉凉的大理石台阶上，一级一级往上爬。终于爬上了如镜似砥的大平台，再往门里走，终于见到两具大理石棺材。中间一具是泰姬，左边一具是沙杰汗国王，国王委屈了。但这没办法，整个陵墓是你为她造的，她的中心地位也是你设计定的，无可更改。你的最终进入，只是一种特殊开恩，可以满足了。

从陵寝回到平台，环绕一圈，看到了背后的朱木拿河。这才发现，泰姬陵建造在河滩边的峭壁上。

按照沙杰汗的计划，他自己的陵墓将建造在河对岸，用纯黑大理石，与泰姬陵的纯白相对应，中间再造一条半黑半白的桥相连。这个最终没有实现的计划更像是一个成人童话。从河岸的架势看，泰姬陵确实在呼唤对岸。

一个非常现实又相当铁腕的帝王，居然建造了一个世间童话，又埋藏了一个心中童话，这是怎么回事？这个疑问，等我到了另一座奇怪的城市斋浦尔（Jaipur），更加重了。

进城就非同一般。城门外的山道口上，建有两排镂空长廊。即使有敌人来犯，也要让他们在攻城前先赞叹一番。

全城房子基本上都是粉红色。其中最著名的一幢即所谓"风宫"（Hawa Mahal），每扇窗都以三面向外凸出，窗面精雕细刻。宫中女人可以在里边看闹市人群，任何行人都不知道自己头顶有多少美丽的眼睛，而这些行人却永远也看不清她们。这种想法十分俏皮。

更蔚为大观的是那个筑在山上的阿姆拔城堡（Amber Fort）。进去后怎么也分不清它到底有几个通道系统，更不知道每一个通道系统究竟连着多少曲院密室、华厅轩窗。我们几个在里边无数次迷路，而且每次都迷得像傻瓜一样，完全失去辨识能力，只能胡转瞎撞。

我在欧洲也见过很多陵墓和庭院，再奇特也总能找出在建造风格上的远近脉络，很少像印度的泰姬陵和斋浦尔城堡，完全是奇想异设，不与过去和周围发生任何联系。这是为什么？

一个外来的王朝，已经统治几世，对印度本土艺术仍然排拒，对自己的传统也因迁移日久而生疏。这就在两个方面都失去了制约，获得了孩童般的自由，可以大胆遐想、放手创造了。

如果按部就班、承前启后地在人类建筑史上占据一席之地，那叫成熟；如果既不承前又不启后，只把建筑当作率性的游戏，这就出现了童话。

一九九九年十二月十九日，印度阿格拉、
斋浦尔，夜宿阿格拉 Trident 旅馆

洁净的起点

终于置身于瓦拉纳西（Varanasi）了。

这个城市现在又称贝拿勒斯（Benares），无论在印度教徒还是在佛教徒心中，都是一个神圣的地方。

伟大的恒河就在近旁，印度人民不仅把它看成母亲河，而且看成是一条通向天国的神圣水道。一生能来一次瓦拉纳西，喝一口恒河水，在恒河里洗个澡，是一件幸事。很多老人感到身体不好就慢慢向瓦拉纳西走来，睡在恒河边，只愿依傍着它结束自己的生命，然后把自己的骨灰撒入恒河。

正由于这条河的神圣性，历史上有不少学者和作家纷纷移居到这座城市，结果这里也就变得更加神圣。我们越过恒河时已是深夜，它的浩浩荡荡的幽光，把这些天的烦躁全洗涤了。

贴着恒河一夜酣睡，今早起来神清气爽。去哪里？向北驱驰十公里，去鹿野苑（Sarnath），佛祖释迦牟尼初次讲法的圣地。

很快就到了。只见一片林木葱茏，这使我想起鹿野苑这个雅致地名的来历。

这里原是森林。一位国王喜欢到这里猎鹿，鹿群死伤无数。鹿有鹿王，为保护自己的部属，每天安排一头鹿牺牲在国王的弓箭之下，其他鹿则躲藏起来。国王对每天只能猎到一头鹿好生奇怪，但既然能猎到也就算了。

有一天，他见到一头气度不凡的鹿满眼哀怨地朝自己走来，大吃一惊，多亏手下有位一直窥探着鹿群的猎人报告了真相。这才知，每天一头的猎杀，已使鹿群锐减，今天轮到一头怀孕的母鹿牺牲，鹿王不忍，自己亲身替代。

国王听了如五雷轰顶，觉得自己身为国王还不及鹿王。立即下令不再猎鹿，不再杀生，还辟出一个鹿野苑，让鹿王带着鹿群自由生息。

就在这样一个地方，大概是在公元前五三一年的某一天，来了一位清瘦的中年男子，来找寻他的五位伙伴。

这位中年男子就是佛祖释迦牟尼。前些年他曾用苦行的方法在尼连禅河畔修炼，五位伙伴跟随着他。但后来他觉得苦行无助于精神解脱，决定重新思考，五位伙伴以为他想后退，便与他分手到鹿野苑继续苦修。释迦牟尼后来在菩提迦耶的菩提树下真正悟道，便西行二百公里找伙伴们来了。

他在这里与伙伴们讲自己的参悟之道，五位伙伴听了也立即开悟，成了第一批弟子。不久，鹿野苑附近的弟子扩大到五十多名。他们都聚集在这里听讲，然后以出家人的身份四出布道。因此，一人之悟在这里成了佛法，有了第一批僧侣。至此，佛、法、僧三者齐全，佛教也就正式形成。

佛祖释迦牟尼初次开讲的地方，有一个直径约二十五米的圆形讲坛，高约一米，以古老的红砂石砖砌成。讲坛边沿，有四道坐墩，应该是首批僧侣听讲的地方。讲坛中心现在没有设置座位，却有一个小小的石栓，可作固定座位之用。不知何方信徒在石栓上盖了金箔，周围还撒了一些花瓣。

讲坛下面是草地，错落有致地建造着一个个石砖坐墩，显然是僧侣队伍扩大后听讲或静修的地方。

讲坛北边有一组建筑遗迹，为阿育王时代所建。还有一枚断残的阿育王柱，立的时间应在公元前三世纪七十年代初。

此后这里差不多热闹了一千年，直到公元七世纪玄奘来的时候还"层轩重阁，丽穷规矩"，《大唐西域记》中的描写令人难忘。

佛教在印度早已衰落，这里已显得过于冷寂。但是，这种冷寂倒真实地传达了佛教创建之初的洁净和素朴。

没有香烟缭绕，没有钟磬交鸣，没有佛像佛殿，没有信众如云。先有几个小孩在讲坛、石礅间爬攀，后来又来了几位翻越喜马拉雅山过来的西藏佛教信徒。除此之外，只有我们。树丛远远地包围着我们，树丛后面已没有鹿群。

我在讲坛边走了一圈又一圈，心想，我从小就在家乡见过不少佛教寺院，更见过祖母一代裹着小脚跋涉百十里前去参拜。中国历史不管是兴是衰，民间社会的很大一部分就是靠佛教在调节着精神，普及着善良。这里，便是一切的起点。

一九九九年十二月二十日，印度瓦拉纳西，
夜宿 Taj Ganges 旅馆

我拒绝说它美丽

昨天参拜鹿野苑满心喜悦，今天的心情却有了变化。原因是，我们看到了举世闻名的"恒河晨浴"。

早晨五时发车，到靠近河边的路口停下，步行过去。河边已经非常拥挤，一半是乞丐，而且大量是麻风病乞丐。

赶快雇过一条船，一一跳上，立即撑开，算是浮在恒河之上了。好几条小船已围了上来，全是小贩。赶也赶不开，那就只能让它们寄生在我们船边。

从船上看河岸，没有一所老房子，也没有一所新房子，全是那些潦潦草草建了四五十年的水泥房，各有台阶通向水面。

房子多数是廉价小客店，短期房客是来洗澡的，长期房客是来等死的。大家相信，恒河是最好的生命终点。

更多的人连小客店也住不起。知道自己什么时候死？哪有这么多钱住店？那就只能横七竖八地栖宿在河岸上，身边放着一堆堆破烂的行李。

他们不会离开，因为照这里的习惯，死在恒河岸边就能免费火化，把骨灰倾入恒河。如果离开了死在半道上，就会与恒河无缘。

此刻，天未亮透，气温尚低，无数黑乎乎的人全都泡在河水里了，不少人因寒冷而颤抖。男人赤膊，只穿一条短裤，什么年龄都有；女人披纱，只有中老年。没有一个人有笑容，也没见到有人在交谈，大家全都一声不吭地浸水、喝水。

还有一些人蹲在台阶上刷牙，都不用牙刷，一半用手指，一半用树枝。刷完后把水咽下，再捧上几捧喝下，与其他地方的人刷牙时吐水的方向正好相反。

来了一个警察，拨弄了一下河岸上躺着的一个老人。老人显然已经死了，昨夜或今晨，死在恒河岸边。

死者将被拖到不远处，由政府的火葬场焚化。但一般人只要有点钱，一定不去火葬场，而去河边的烧尸坑。这个烧尸坑紧贴着河面，已成为河床的一部分，一船船木柴停泊在水边，船侧已排着一具具用彩色花布包裹的尸体。

焚烧一直没停，恶臭扑鼻。工人们浇上一勺勺加了香料的油脂，气味更加让人窒息。几个烧尸坑周围是很大一片陋房，全被长年不断的烟火熏得油黑。

火光烟雾约十米处，浮着半头死牛，腔体在外，野狗正在啃噬。

我知道一定会有人向我解释一种天天被河水洗涤的信仰是多么干净，一个在晨雾中男女共浴的图景是多么具有诗意。遗憾的是，从今以后我对这类说法只能拒绝。

恶浊的烟尘全都融入了晨雾，恒河彼岸上方，隐隐约约的红光托出一轮旭日。没有耀眼的光亮，只是安静上升。

阳光照到岸上，突然发现，河边最靠近水面的水泥高台上，竟然坐着一个用白布紧包全身、只露脸面的女子。她毫无表情，连眼睛也不转一转，像泥塑木雕一般坐在冷峭的晨风中。更让我们吃惊的是：她既不像日本女子，也不像韩国女子，而分明是一个中国女子。

一定是遇到什么事情了吧，或做出了决绝的选择？我们找不到任何理由呼喊她或靠近她，而只是齐齐地抬头看着她，希望她能看见我们，让我们帮她一点什么。

一九九九年十二月二十一日，瓦拉纳西，

夜宿 Taj Ganges 旅馆

菩提树和洞窟

在鹿野苑产生了一个愿望，很想再东行二百多公里，去看看那棵菩提树。菩提树的所在，叫菩提迦耶。

我想走一走释迦牟尼悟道后走向讲坛的这条路。二百多公里，他走了多久？草树田禾早已改样，但山丘巨石不会大变。

从瓦拉纳西到菩提迦耶，先走一条东南方向的路，临近菩提迦耶时再往东转。出发前问过当地司机，说开车需要十一个小时。二百多公里需要十一小时？这会是一条什么路？

待到开出去才明白，那实在是一个极端艰难的行程。窄路，全是坑坑洼洼，车子一动就疯狂颠簸，但获得颠簸的机会又很少，因为前后左右全被各色严重超载的货车堵住了。

好不容易爬到稍稍空疏的地方，立即冒出大批乞丐狠命地敲打我们的车窗。荒村萧疏、黄尘满天，转眼一看，几个一丝不挂的男子脸无表情地在路边疾行，这是当地另一种宗教的信徒，几百年来一直如此，并不是时髦的游戏。

幸好，向东一拐快到菩提迦耶的时候，由于脱离了交通干道，一切都好了起来。路像路，树像树，田像田，我们一阵轻松，直奔而去。

菩提迦耶很热闹，世界各地的朝圣者摩肩接踵。满街都是销售佛教文物的小摊，其中比较有价值的大多来自西藏。很多欧美人士披着袈裟、光着头、握着佛珠在街上晃悠，看起来非常有趣。

先去大菩提寺（Mahabodhi）。

脱鞋处离寺门还有一段距离，因此脱鞋后需要走过一段马路。多数人穿袜而行，少数人完全赤脚。我想在这里还是赤脚为好，便把袜子也脱了，向寺门走去。

迎面便是气势不凡的大菩提寺主体建筑。这个建筑一色净灰，直线斜上，雕饰精雅，如一座稳健挺拔的柱形方台。门户上方，有一排古朴的佛像，进得内殿，则是一尊金佛。

我在金佛前叩拜如仪，然后出门绕寺而行。在后面，看到了那棵菩提树。

菩提树巨大茂盛，树盖直径近二十米。树下有两层围栏，里里外外坐满了虔诚的人。

内层有考究的石围柱，里边只能坐二十来人。佛教本性安静，这里也不存在任何争挤。我与李辉居士在石围栏门口一看，正好有两个空位，便走进去坐了下来。

我闭上眼，回想着佛祖在这里参悟的几项要谛，心头立即变得清净。

现在的这棵菩提树虽然只有几百年历史，却与释迦牟尼悟道的那一棵有直接的亲缘关系。当年已有僧侣留下树种，代代移植，也有谱系，这一棵的树种来自斯里兰卡。

在菩提树下打坐后，我们还去拜见了大菩提寺的住持。住持还年轻，叫帕拉亚先尔（Prajna Sheel），是个大喇嘛，受过高等教育。问他当初为何皈依佛教，他说一读佛经都觉得每一句都能装到心里，不像以前接触过的另一个宗教，文化水平高一点的人怎么也读不进它的经典。

他说，这些年佛教在印度的重新兴盛是必然的，因为佛教本身没有犯什么错，它的衰落是别人的原因。

说到他为什么如此快速地接见我们，他说当然是因为法显和玄奘。他们一千多年前长途跋涉来到这里，对这里的描述句句如实，也成了我们重温菩提迦耶当年盛况的根据。他说，总之，中国对佛教太重要。

告别住持，我们继续回溯释迦牟尼的精神历程。最想寻找的，是他悟道之前苦修多年的那个地方。

据佛教史料记载，那儿似乎有一个树林，又说是一个山坡。幸好有当地人带路，我们的吉普歪歪扭扭地驶进了一个由密密层层的苇草和乔木组成的树林。这里没有公路，只有人们从苇草中踩出来的一条依稀通道。开了很久，我们都有点害怕了。终于，开到了一个开阔地，眼前一堵峭壁，有山道可上。

我领头攀登。很快发现，山道边黑乎乎地匍匐着一些躯体，仔细一看竟是大量伤残的乞丐。只有骨碌碌的双眼，表明他们还保存着生命。

当凄惨组成一条道路，也就变成恐怖。只得闭目塞听，快步向前。

在无路可走处，见到了一个小小的岩洞。弯腰进入，只见四尊佛像，其中一尊是释迦牟尼在这里苦修时的造像，骨瘦如柴。佛像前的燃灯，由四位喇嘛守护着。

钻出山洞，眼前是茫茫大地。我想，当年释迦牟尼一定是天天逼视着这片大地，然后再扶着这些岩石下山的。山下，那棵菩提树正等着他。

我转身招呼李辉一起下山。守护洞窟的一位喇嘛追出来对我们说："下山后赶快离开这里，附近有很多持枪的土匪！"

我听了一惊，心想：宗教的起因，可能是对身边苦难的直接反应。但一旦产生便不再受一时一地的限制，因此也无法具体地整治一时一地。你看悠悠两千五百多年，佛祖思虑重重的这条道路，究竟有多少进步？

　　　　　　　　一九九九年十二月二十二日，印度菩提迦耶，

　　　　　　　　夜宿 Asoka（阿育王）旅馆

告别阿育王

离开释迦牟尼的苦修洞窟我们一看地图，决定再去一个佛教重地。那地方现在叫巴特那，也就是佛教典籍中一再提及的华氏城。

在释迦牟尼的时代，那里已经是一个小王国，叫波吒厘子。阿育王把它定为首都后，很长时期内，一系列影响深远的弘佛决定都在这里做出。为此，法显和玄奘也都来拜访过。

这些天来，自从我们由新德里出发，行路越来越艰难。开头还好一点，从斋浦尔到阿格拉就开始不行了，再到坎普尔、瓦拉纳西，一个比一个糟糕。瓦拉纳西往东简直不能走了，巴特那达到顶峰。

一天二十四小时，路上始终拥塞着逃难般的狂流。卡车和客车的车顶上站满了人，车边上还攀着人，尖声鸣着喇叭力图通过，但早已塞得里外三层，怎么也挪动不得。

夹在这些车辆中间的，是驴车、自行车、牛群、蹦蹦车、闲汉、小贩、乞丐和一丝不挂的裸行者，全都灰污满身。

窄窄一条路，不知什么年代修的，好像刚刚经历地壳变动，永远是大坑接小坑。没走几步就见到一辆四轮朝天的翻车，一路翻过去，像是在开翻车博览会。但是，翻得再严重也没有人看一眼，大家早就看腻了。

在这样一条路上行车，一开出去就是十几个小时，半路上没有任何地方可以吃饭。

大家全都饿得头昏脑涨，但最麻烦的还是上厕所。以前在沙漠、田野还能勉强随地解决，而这里永远是人潮汹涌。只能滴水不进，偶尔见到远处一片萎黄的玉米地，几位小姐、女士便疯了般地飞奔而去。

我们白天需要作一系列文化考察，只能在夜间行驶。夜间，超载的卡车却比白天更多。它们大多没有尾灯，迎头开来时又必定以强光灯照得你睁不开眼，而且往往只开一盏，完全无法判断这是它的左灯还是右灯。冷不防，横里还会蹿出几辆驴车。

因此，其间的险情密如牛毛。我们所有的人都憋住了气，睁大了眼，浸透了汗，看佛祖如何保佑我们步步为营，穿越新的难关。

今晚到巴特那，进城后更开不动车。好不容易寸寸尺尺地挪到了一家旅馆，胡乱吃了一点什么便倒在床上。

刚要合眼又不能，嗡嗡嗡嗡，蚊子成群来袭。顺手就拍掉二十几个，满墙血迹，听见隔壁也在拍。

忽然一条狗叫了，一条条全叫起来。到最后，我相信全城的狗都叫了，一片凄烈，撕肝裂胆。

完全没法睡了，便起身坐在黑暗中想，这些天的经历实在终生难忘。在埃及的尼罗河边已经觉得不行了，没想到后来还看到了伊拉克和伊朗。但与这儿一比，伊朗简直是天堂。伊拉克再糟糕，至少还有宽阔平整的道路可走，干净火烫的大饼可吃，但在这里，实在无以言表。

这个阿育王的首府一定有很多文化遗迹，但一看行路情况已经使我们害怕，只怕玷污了对神圣之地的印象。那就对不起了，伟大的阿育王，我们明天只好别你而去，去尼泊尔。

一九九九年十二月二十三日，
印度巴特那，夜宿 Chanakya 旅馆

尼泊尔。

车轮前的泥人

每个边关都有不同的景象。同样是印度，与巴基斯坦接壤处摆尽了国威，但在尼泊尔的边界就不同了，来来往往挺随便，只是苦了我们第三国的人。

这儿是一条摊贩密集的拥挤街道。路西跨过污水塘和垃圾堆，有一溜杂货铺和油饼摊，其中一家杂货铺隔壁是一间破旧的水泥搭建，上面用彩色的英文字写着：印度移民局。再过去几步又有一棚，更小一点，上写：印度海关。

进去有点困难，因为有两个成年男人在海关墙头小便，又有一家人坐在移民局门口的地上吃饭。我看了一下这家人吃饭的情景：刚捡来的破报纸上放着几片买来的油饼，大人小孩用手撕下一角，蘸着一撮咖喱往嘴里塞。地方太狭窄，因此进出移民局必须跨过他们的肩膀，而且一脚下去黄尘二尺，厚厚地洒落在他们的油饼和咖喱上，但他们倒不在乎。

不知道在这样的小棚里办手续为什么会耗费几个小时的时间。印度办完了，过几步办尼泊尔的入关手续，时间更长，总共耗了七个半小时。车没地方停，停在路边的摊贩堆里，把几个摊贩挤走了。

路上灰尘之大，你站几分钟就能抖出一身浓雾。很多行人戴着蓝色的口罩，可见他们也不愿吸食灰尘，但所有的口罩都已变成蓝黑色，还泛着油亮。

大家都无法下车，但在这么小的车上干坐七个多小时也是够受的。我干脆就站在黄尘中不动了，很快成了一尊泥人，定定地看着四周，似想非想。

站了很久之后，我转身，退到车队边，用脚叩了叩我们的车轮。这原是一个百无聊赖的动作，但一叩却叩出了一番感叹。

我坐在它上面好几个月了，它一直在滚动。滚过历史课本上的土地，由它先去熨帖，再由我们感受。古希腊文明、古埃及文明、古希伯来文明、古巴比伦文明、古波斯文明、古印度河—恒河文明……眼前已是尼泊尔。尼泊尔并不是一个独立文明的所在，它对我们来说只是通向喜马拉雅山的过渡。

这便是人类辉煌的古文明。一个个全都看过来了，最后却让寻访者成了一个不知说什么才好的泥人。

办完尼泊尔入关手续，已是黑夜。走不远就到了边境小城比尔根杰（Birganj），投店宿夜。打听明白城里最好的旅馆就是这家麦卡露，便风尘仆仆住进去。

我的房间在二楼，对街，一进去就觉得有点不对，原来少了三块窗玻璃，街上的所有声音，包括浓烈的油咖喱气味，直冲而入。

我要写作，这样实在不行，正待去问有没有可能换一间，突然传来震耳的钟声。钟声一直不停，不知发生了什么紧急事件。好不容易找到一个侍者，他说这是对面印度庙的晚钟，要敲整整一个小时，明天清晨五时一刻，还要敲一个小时。

这钟声如此响亮，旅馆里哪间房都逃不了。大家都从房里走出，不知该怎么办。有人说，派人去庙里交涉一下，给点钱，请他们少敲一次。

但谁都知道，这是不可能的。

宗教仪式已经成为生活习惯。这个城市哪天少一次钟声，反而一切会乱，比月食、日食都要严重。

在嗡嗡喤喤中过一小时实在不容易，我很想去看看那个敲钟的人，他该多累。突然，时间到了，钟声戛然而止，天地间宁静得如在太古，连刚才还烦恼过的街市喧嚣也都变得无比轻柔。

那就早点睡吧，明晨去加德满都，抢在五点钟之前出发，逃过那钟声。

一九九九年十二月二十四日，
由印度至尼泊尔比尔根杰，夜宿 Makalu 旅馆

本来就是一伙

从比尔根杰到加德满都，相距二百九十公里。车开出去不久大家就不再作声，很快明白，昨天在比尔根杰遇到的困境，只属于边境性的遗留。真正的尼泊尔，要好得多。

首先是色彩。满窗满眼地覆盖进来，用毋庸置疑的方式，了断昨天。

我们的色彩记忆也霎时唤醒：希腊是蓝色，埃及是黄色，以色列是象牙色，伊拉克是灰色，伊朗是黑色，巴基斯坦说不清是什么颜色，印度是油腻的棕黑色，而尼泊尔，居然是绿色！

我们已经贴近喜马拉雅山南麓，现正穿行在原始森林。这儿地势起伏，层次奇丽。山谷里有雪山融水，现在水流不大，像是在白沙间嵌着一脉晶亮。

天空立即透明了，像是揭去了一块陈年的灰布。

路也好了，不再拥挤。对面开过来的车都减速礼让，于是我们也伸出手来表示感谢。路过一个小镇，我们停下来，只想看看。

尼泊尔还是贫困，但很干净。没有见到一个逢人就伸手的乞丐，也没有见到一个无事傻站着的闲汉。每个人都有自己的事情在忙，小孩背着书包，老人衣着整齐，一派像过日子的样子。

我们从两河流域开始，很久没有看见正常生活的模样了，猛然一见，痴痴地逼视半天，感动得想哭。

我们的几位小姐手舞足蹈地过来，像是遇到了什么喜事。只听她们在说：路边竟然有一个小厕所，地上湿漉漉的像是今天刚冲洗过，厕所门口有一个井台，用力一按就能洗手！

很快就到加德满都。其实费时不少，但一路享受，只觉其快。

加德满都是端端正正的一座城市，多数街道近似中国内地的省城，但几条主要购物街的国际气氛，则连中国著名的旅游城市也很难比得上。

我们结伴去了著名的泰米尔街（Thamel），以卖本地工艺品、茶叶、皮衣为主，又有不少书店，热闹而不哄闹，走起来十分舒心。回忆我们这一路过来，只有雅典的几条小街能与它相比。

泰米尔街深处有一个叫 Rum Doodle 的酒吧，全世界的登山运动员都知道它。它是从南坡攀登珠峰的一个起点。

进门转几个弯，到一大厅，燃着一个大火塘。桌椅围列，火光映照着墙上贴满的脚印字牌。很多登山运动员出发前，会先在这里贴上一个脚印，写上自己出发的日期和目标。过些天，凯旋了，再在这里留下一个，写明攀登了哪个高峰，海拔多少，参与者是谁。这样，脚印就成了左右完整的一对。但是看得出来，有的运动员没有回来。他最后的单只脚印，孤独地留在墙上。现在正是冬季登山的好时光，今夜，这个熊熊的大火塘，还会燃起在雪山勇士们的梦中。

推门进去时，酒吧已经很热闹。我们坐下后觉得一切称心，便决定在这里把很多日子来的烦闷扫拂一下，于是呼酒喊菜、欢声笑语，立即变成了酒吧的主角。

我们的长桌边上有一个小桌，坐着几个英国人。背靠我坐的是一位中年女士，她看了我们好一阵，终于轻声问我："能问你们来自哪个国家吗？"

"中国。"我回答。

"中国？哪个部分的中国？"她又问。

我知道她的意思，便说："每个部分。你看，大陆，香港，还有……台湾！"

"你们……怎么会在一起？"英国女士大为惊讶。

"我们一直在一起呀。"我对她的惊讶表示惊讶。

英国女士立即与同桌交头接耳了一阵，于是全桌都转过脸来看着我们。我们今夜不开车，大家都喝了一点酒，情绪更高了。

这几个英国人的眼神使我联想到，那次在巴基斯坦边境，移民局的一位老人拿着我们的一沓护照有点慌乱。他先把大陆护照和香港特区护照反复比较，然后抽出了孟广美的台湾地区护照。

他把广美拉过一边，问："你怎么与他们一起走？"他生怕广美是被我们劫持的。

"我们本来就是一伙的嘛！"广美回答。

这件事一定超出了老人十分有限的中国知识。他看广美如此坦然，怕再问下去反而自己露怯，只得耸耸肩，很有礼貌地把办完手续的护照推到广美眼前。

一九九九年十二月二十五日，
尼泊尔加德满都，夜宿 Everest 旅馆

万仞银亮

晚上入住旅馆，不以为意，到后半夜有点凉，起床加了一条毯子。

早晨发现，凉意晨光都从头顶进入。这才看见，我这间房两面是窗，床头的窗户最大。

从窗帘缝中看见一丝异相，心中怦然，也许是它？

伸手哗啦一下拉开窗帘，还有什么怀疑，果然是它：喜马拉雅！

还是趿着拖鞋找侍者，以求证实。侍者笑道："当然是它，但今天多云，看不太清。"

喜马拉雅，我真的来到了你的脚下？

从小就盼过多次，却一直想象着是从西藏过去。从未想过把它当作国门，我从外边来叩门！

说不清哪儿是真正的国门，但是门由路定。这次我们走的这条路，是人类文明的路基所在，因此即使再冷再险，也算大门一座。

以世界屋脊作门槛，以千年冰雪作门楣，这座国门很气派。

我不知出国多少次了，但中国，你第一次以如此伟大的气势矗立在我眼前。这次终于明白，不是距离的遥远，也不是时间的漫长，才会产生痛切的思念。真正的痛切是文明上的陌生，真正的思念是陌生中的趋近。

记得法显大师离国多年后在锡兰发现一片白绢，一眼判定是中国织造，便泣不成声。

　　喜马拉雅，今天你在我眼前展现的，不是一片白绢，而是万仞银亮。

　　到尼泊尔，除了一般性的参访外，我特别想去朝拜一下释迦牟尼的出生地蓝毗尼，然后找一个安静的旅馆住一阵，清理一下这几万公里的感受。这些感受，今后一定会长期左右我的文化思考，但这次必须在进入国门之前，稍作归整。否则，就像衣衫潦草地回家，不像样子。

一九九九年十二月二十六日，

尼泊尔加德满都，夜宿 Everest 旅馆

整理一路感受。◎

鱼尾山屋

从加德满都向西北方向走二百公里山路，就到了一个叫博克拉（Pokhara）的地方。早就听说，很多西方旅行者走到这里就迈不开步了，愿意在这么一个山高路险的小地方长时间住下来。特别是一些老者，住过一阵之后甚至决定在这里了此残生。能做出这样的决定，是一件了不起的事，为此，我不能不停下步来，四处打量。

不错，这个地方虽然紧贴在喜马拉雅山脚下，却没有一般人想象的凛冽。正是那山，稳稳当当地挡住了北方的寒流，留下一个阳光南坡，花树茂盛。但是，毕竟又依傍着雪山，这里不可能炎热。这一来，无尽的冰雪在这里融化，淙淙琤琤，至浩浩荡荡，成了南方一切大河的共同起源。

我们乘坐一种拉缆浮筏，渡过了一条清澈的雪水河，住进了山脚下一家叫鱼尾山屋（Fish Tail Lodge）的旅馆。

我呆呆地看着周围的风景。雄伟，雄伟到了无法再雄伟；柔和，又柔和到了无法再柔和。它们怎么就这样天然地融合在一起了呢？草草地吃过晚餐，再来看。天色已经重了，先退去的是柔和，只剩下侧光下暗森森的雄伟。很快，雄伟也退去了。立即觉得一股寒气压顶而来，便抱肩回到屋里。

屋里有炉子，我点上火，看着火焰。发现炉边桌上有蜡烛，我也顺手点上。忽然觉得这屋里不必有电灯，便伸手关了。屋子立即回到古代，暗暗地听任炉火和烛光一抖一抖，反而觉得温暖和安全。但是我又拍着自己的头站起身来，心想这间古代的小屋竟然是在喜马拉雅山脚下，我竟然独自躲在里边沉思和写作！此情此景，连屈原、李白、苏东坡知道了都会瞠目结舌，我是多么奢侈。

到窗口看看，什么也看不到。回到桌前坐下，刚想写几句便断然搁笔。我历来相信，身处至美之地很难为文，今夜又是一个证据。既然窗外黑黑，笔下白白，更兼一路劳顿，我很快睡着了。

清晨醒来，立即起身，推门出去，我抬头看到，朝霞下的喜马拉雅山就在眼前。但是，旭日染红峰顶的景象，却被另外一些山峰挡住了。我仔细打量，发觉只要越过前面的那条雪水河到对岸，就能看到。于是，立即赶到河边，那里，已经有早起的拉筏工人在忙碌。

我上了筏子，与工人一起拉绳索，但一拉就缩手了。因为绳索已经在河水里浸泡了一夜，很冷。拉筏工人笑了，说："我一个人拉就可以了。你真幸运，这山峰被云雾罩了五天，今天才露脸。"

看过了晶莹剔透又泛着红光的雪峰，我又乘筏回来，返回旅馆的房间。这时我明白了，这鱼尾山屋，就是我要整理一路感受的地方。

一九九九年十二月二十八日，
尼泊尔博克拉，夜宿 Fish Tail Lodge 旅馆

"盛极必衰"吗?

　　我头顶的喜马拉雅山,以极端的地理高度给了我一种思维高度。它让我一再移位,设想着它俯视世界的清冷目光。在它的目光里,人类的出现,文明的构成,都是在最近很短时间里发生的小事。它的记忆,无边无涯,绝大多数与人类无关。

　　有了它,我们谈论人世间的事,心情就可以放松了。

　　我这次,把中国之外的人类主要古文明,全都巡拜了一遍。这件事,以前没有人做完过。一路上确实遇到过很多危险,居然全部奇迹般穿越,到今天终于可以说是安全通过了。其原因,说土一点,是我们"命大";说文一点,是此行合乎"天命"。

　　回想我所看到的那么多古文明发祥地,没有例外,都已衰落。在它们面前,目前世界上那些特别发达的地区,完全算不上年岁。而它们的年岁,却成了当代文明地图上的褐瘢。年岁越高,褐瘢越深,麻烦越多。

　　对于这种情况,完全不必伤感。一切生命体都会衰老,尤其是那些曾经有过强劲勃发的生命体,衰老得更加彻底。这正印证了中国古代哲学所揭示的盛极必衰、至强至弱的道理,对我来说,并不觉得难以理解。但是,当我从书本来到实地,看到那些反复出现在历史书上的熟悉地名与现实景象的可怕分裂,看到那些虽然断残却依然雄伟的遗迹与当代荒凉的强烈对照，心中还是惊恐莫名。人类，为什么曾经那么伟大却又会那么无奈？文明，为什么曾经那么辉煌却又会那么脆弱？历史，为什么曾经那么精致却又会那么简单？……面对这样的一系列大问题，我们的生命微若草芥。

我们这次首先抵达的古希腊文明遗址，从一开始就展现了人类古代文明的至全至美，几乎到了无可企及的高度。巴特农神庙下，我所熟悉的古希腊悲剧、亚里士多德、维纳斯，再加上远处的奥林匹亚，几乎把人类最健全的生命方式铸造完满。能看到这些踪迹已是万幸，谁知，我又拜见了比这一切更早一千多年的克里特岛上的米诺斯王朝和《荷马史诗》中的迈锡尼！如果说，古希腊悲剧与中国的老子、孔子同龄，那么，克里特和迈锡尼就与炎帝、黄帝、尧、舜、禹的传说时代连在一起了。不同的是，他们的传说有了那么完整的实证。

平心而论，像迈锡尼那样的山间城堡，我还能想象，而让我感到匪夷所思的，是克里特岛上的生活。平等、通透、舒适、神奇，处处显得相当现代。其中，排水系统、卫浴系统的先进和时尚，使人觉得时间停滞了，我们可以一步跨入。但是，它们居然已经毁灭了几千年。毁灭的过程姑且不论，它们至少已经表明，它们并不是因为"过时"才毁灭的。既然我们可以一步跨入它们，那么，毁灭也可以一步跨入我们。

克里特岛是古代地中海的贸易中心，它雄辩地证明了人类早期的交流水平。至今国际上还有不少学者否定它跻身人类几个主要古文明的资格，理由就是它沉淀了很多美索不达米亚文明和古埃及文明的元素，算不上一个独立的原创文明。但在我看来，它在本性上与那两大文明有极大的区别，是一种"交流中的原创"。它如果无缘跻身人类主要古文明，只有一个理由，那就是它毁灭得太早又太彻底。等到一千多年后雅典城邦里的那些文化盛事，与它已经没有任何关系。而那些盛事，已进入公元前后，算不得严格意义上的"古文明"了。

克里特岛上的古文明，毁灭原因至今无法定论，而我则偏向于火山爆发一说，我在前面的日记里说过理由。无论如何，这是一种高度成熟文明的突然临危，真不知它的最后状态是庄严、悲壮的，还是慌乱、绝望的。天下任何一种文明都不能幻想自己长生不老，却能在最后的日子里选择格调。也许有人说，都已经要灭亡了，还要什么格调？我说，正因为要灭亡了，只剩下了格调。

古文明最坚挺的物质遗迹，莫过于埃及的金字塔了。金字塔隐藏着千千万万个令人费解的奥秘，却以最通俗、最简明的造型直逼后代的眼睛。这让我们领悟，一切简单都是艰深的；人类古文明，远比人们想象的复杂。埃及文明所依赖的，是那条被沙漠包围的尼罗河。被沙漠包围，看起来像是坏事，却使它有了辽阔的"绝地屏障"，处境相对比较安全，保障了一个个王朝的政治连续性。这与战火频频的美索不达米亚文明相比，就安定得多了。但长久的安定也使它越来越保守，并因保守而维持极权。由于极权，它可以集中惊人的力量营造雄伟的建筑，却似乎没有发生过任何冲突，因此也不必有美索不达米亚文明的那种汉谟拉比法典；由于极权，它负责全体臣民的生活，却不必建立与臣民进行理性沟通的机制，因此也使整个文明不具备足够的可理解性。当时就很难理解，更不必说后来了。在雄伟的极权气氛中不求理解地生存，必然会带来一种自足的乐观，因此，当年尼罗河听到的笑声必然要比底格里斯河、幼发拉底河、约旦河多得多。而在那些河畔，连歌声都是忧伤的。

古埃及文明中断了，一种雄伟的中断。中断的原因还有待于探索，在我看来，主要原因可能是：过于极权的王朝必然会积累起世袭的官僚集团，而靠着漫长的尼罗河为生的农业经济又必然使各个地方政权有资本与法老的极权统治对抗；法老"半神半人"的神秘光环又必然使他们缺少处理地方政权对抗的能力，于是，分裂频频发生，外族侵略也有机可乘……我从开罗到卢克索的一路上，沿着尼罗河穿行七个农业省，一直在体会着这种判断。

古埃及文明湮灭的程度相当彻底。不仅卢克索太阳神庙廊柱上那些象形文字早已与世隔绝，人们难于从文本中读解古埃及，而且，更严重的是，由于外族入侵后的长久统治，人们从血缘到信仰都已经很少保留古埃及的脉络。因此，尽管金字塔还会一直矗立下去，但是支撑它的文明基座早就消失在撒哈拉大沙漠的烈日和夜风中，无法寻找。

这种消失，一定是一件坏事吗？倒也未必。因为，时间实在太长了。

一九九九年十二月二十九日，
尼泊尔博克拉，Fish Tail Lodge，此篇写于下午。

难道是文明造的孽？

我们"出埃及"的路线与古代以色列先哲的路线大致相同，那就是穿越不可思议的西奈沙漠。但是，这种神圣情怀很快就被忧虑和惊恐所取代。中东啊中东，从约旦河两岸到底格里斯河、幼发拉底河，再从伊朗高原延伸到南亚的巴基斯坦和阿富汗边界地区，麻烦的事情实在太多了。

但是，正是这个地方，拥挤着人类几个特别辉煌的古文明。巴比伦文明、波斯文明、印度文明、希伯来文明、阿拉伯文明……密密层层的马蹄，敲击着古代空旷的地球。它们都曾经以为，普天下的命运就维系在自己手上的缰绳间。果然，它们都对人类做出了极大的贡献。现在世界上那些后起的文明，不管有多么得意，不管有多少发明，在宏伟的原创意义上，根本无法与它们相提并论。但是，这次我确确实实看到了，这么一片悠久而荣耀的土地，全然被极端主义的冲突闹得精疲力尽、遍地狼藉。

冲突的任何一方都有痛切而铿锵的理由，极端主义的吸引力就在于痛切和铿锵，这就使任何一方都无法后退。这种群体性的极端情绪再与各自的宗教、历史、文化一拌和，冲突立即变成了不可动摇的信仰。大家都拒绝理性，拒绝反思，有时看起来似乎出现了理性与反思，其实都只是斗争策略。这样，每一方都被自己绑上了"精神盔甲"，表面上强大而勇敢，实质上狭隘而气闷。更麻烦的是，长期处于这种状态之下的人群，是无法照料好生活秩序和社会秩序的，结果都因生态沦落而失去真正的个体尊严。失去个体尊严的人群，对自己和别人的生命价值评判都很低微。恐怖活动、自杀炸弹、绑架威胁，都可以不假思索乃至兴高采烈地进行。

极端主义说到底并没有"主义"，只是一种极端的情绪加上极端的行为。因此，在这片曾经非常神圣的土地上，人们在抬起头来仰望一个个世界级"王者"雄魂的同时，又不得不低下头来俯视一场场不知所云的恶斗，实在不胜唏嘘。

如果要追根溯源，极端主义的产生，也与那些"王者"的跨国远征有关。在古代，不同文明之间的征战，十分残酷。因为彼此都在艳羡、嫉妒和畏怯，一旦征服就必须把对方的文明踪迹全都荡涤干净。例如，曾一再地出现过占领耶路撒冷后纵火毁城，然后再挖地三尺来消除记忆的事；出现过占领巴格达后开闸放水，以底格里斯河的河水来冲洗文明遗迹的事；甚至还出现过在占领的土地上撒盐和荆棘种子，使之千年荒芜的事。正是这种文明之间的远征和互毁，灭绝和复仇，埋下了极端主义的种子。于是，文明最集中的地带，成了仇恨最集中的地带。

难道，这就是"盛极必衰"的契机？

我由此产生的伤感，无与伦比。因为这等于告诉人们，大家为之毕生奋斗的目标，本身极不坚牢，奋斗的结果很可能完全出乎意料。

一路走来，每一块土地都是有表情的。希伯来文明虔诚而充满忧郁，坚韧而缺少空间。它从一开始就受尽苦难，长期被迫流浪在外，处处渗透又处处受掣，永远处于自卫图存的紧张之中。希伯来文明充满智慧，今天的现实生态在中东的各个族群中首屈一指，但这种紧张仍然挥之不去，散落在那么多人的衣冠间、眼神里。在耶路撒冷街边坐下喝咖啡，就能感受到这种紧张弥漫四周。一种文明处于这种状态是非常值得同情的，但它的气象终究不大，或者说，想大也大不了。

按照我的学术标准，阿拉伯文明远远算不上人类的"古文明"。但是，它在公元七世纪之后以一往无前的气魄征服过好几个"古文明"，直到今天还保持着巨大的空间体量和严整的礼拜仪式，成为当代世界文明中特别重要的一员。它与其他文明之间的恩怨情仇，从古代到现代都显得非常严峻。它自身的冲突，也十分激烈。我这一路，从埃及开始，能够完全跳开阿拉伯文明的机会极少，因此对它特别注意。我发觉这是一种沙漠行旅者的强悍生态，与农耕文明、草原文明、海洋文明的本性很不一样，但最终却又融合了其他各种文明。它有能力展开宏伟的场面，投入激烈的战斗，建立辽阔的王国，却一直保持着一种全方位的固守和执着。它与其他文明的长久对峙，一定埋藏着一系列误会，但这些误会似乎已经无法全然解除。这是它的悲剧，也是全人类的悲剧。

伊拉克的巴格达，曾经成为阿拉伯帝国的首都，那是一个极尽奢华的所在，统治着非常庞大的国土。其实谁都知道，在这之前二十多个世纪，这里已经建立过强大的巴比伦帝国。从巴比伦帝国再往前推，早在五六千年之前，这儿的苏美尔人已经创造了楔形文字，发展了天文学和数学。这一切几乎都领先于其他文明，因此后来有不少学者认为这是其他文明的共同起点。这种想法早已被证明是错误的，其他几个文明各有自己的起点，但这块土地仍然是人类文明史上的最初开拓地。遗憾的是，高度早熟引来了远远近近的觊觎，而这个地方又处于四通八达的开阔地带，入侵太容易了。入侵者成了主人，主人也逃不出这个极盛极衰的轮回。例如巴格达成为阿拉伯帝国的首都后终于入不敷出，日渐疲弱，便遭到北部、南部、东部的攻击……总之，最宏大的文明盛宴引来了最密集的征战刀兵，这儿由反复拉锯而成了一个永久性的战场，直到今天。

我想，世上研究人类文明史的学者，如果有一部分也像我一样，不满足于文本钻研而寄情于现场感悟，那么，最好能在安全形势有了改善之后，争取到巴比伦故地走一走。那儿的文物古迹已经没有多少保存，但是，即便在那些丘壑草泽边站一站，看着凄艳的夕阳又一次在自己眼前沉入无言的沙漠，再在底格里斯河边想一想《一千零一夜》的故事，体会文明荣枯的玄机，也就会有极大的收获。

我在那片土地上想得最多的是，反复的征战，不管是打别人，还是自己被别人打，时间一长，必然会给人们带来对残酷的适应，对是非善恶界限的麻木。祖祖辈辈都缺少有关正常生活的记忆，灾难时时有可能在身边发生，自己完全无法掌控命运，根本无从辨别起因，好像一切都是宿命，因此只能投向宗教极端主义。宗教极端主义的参与者其实都放弃了思考，只是用最简单的方式把自己的灾难转嫁并扩大为别人的灾难，并在这个过程中获取灭绝性的盲目快感。在那个伟大的文明故地，几乎上上下下都被这种精神阴霾所笼罩。

在伊朗，古代波斯文明的遗留气韵让我大吃一惊。这又以此证明，文本认知和现场认知有天壤之别，尽管这种现场早就在两千五百年前成为废墟。从公元前六世纪到公元前四世纪，波斯帝国先后在居鲁士、大流士的领导下建立了西起爱琴海、东到印度河的超级庞大政权，还曾经与古希腊展开过好几次大战。它战胜过很多国家，最后又被战争所灭，灭的时间太早，使它无法成为人类重要的几大古文明之一。它告诉我们，文明的重要，不仅仅在于空间，还在于时间。

印度文明无疑是人类几个最重要的古文明之一，但我对它的感受却非常凌乱。幸好我紧紧地抓住了佛教的缆索，没有全然迷失。五千年前印度河流域的摩亨佐·达罗（Mohenjo-Daro），地处现在巴基斯坦的信德省境内，我因深夜路过，未及考察，而且我也知道这与我们一般理解的古印度文明关系不大，太早了。一般理解的古印度文明，恰恰是在摩亨佐·达罗消亡之后由雅里安人入侵开始的，离现在也有三千五百多年了。印度的历史是不断受到外族侵略，又不断分裂的历史。在雅里安人之后，波斯人、希腊人、帕提亚人、西徐亚人、贵霜人、阿拉伯人、蒙古人……相继侵入，其间也出现过一些不错的王朝，但总的说来还是分多合少。古印度文明在宗教、天文、数学等方面对全人类做出过巨大贡献，但它的发展历史实在过于变幻莫测，让人难于理出头绪。其实，它自身的传承也正处于这样的状态，似乎隐隐约约都有一些脉络留存，但一次次的阻断、跌碎、混合、异化，使文明散了神。它有过太多的"对手"和"主子"，有过太多的信仰和传统，有过太多的尊荣和屈辱，有过太多的折裂和消散，结果，在文明上混沌一片。

在考察波斯文明、印度文明和其他南亚文明的时候，我目睹了目前世界上最集中的恐怖主义所在。中东的极端主义已经让人头痛，再往东走却演变成更大规模的恐怖主义。这种恐怖主义与贩毒集团和地方武装互相融合，显而易见已经成为文明世界的最大威胁。滋生文明和威胁文明，全都起自于同一片土地，这是不是一种历时数千年的报应？如果是，那么，这种报应实在太使人沮丧，沮丧到甚至对人类失去信心。

对此，我们除了发出一些微弱的警告，又能做一些什么呢？

一九九九年十二月二十九日，
尼泊尔博克拉，Fish Tail Lodge，此篇写于晚上。

中国为何成了例外？

我考察了那么多古文明遗址，包括遗址边上的现实生态，心里一直在默默地与中华文明对比。

算起来，中华文明成型的时间，在几大古文明中不算早，应该是在苏美尔文明、埃及文明成型的一千多年之后吧，也不比印度文明和克里特文明早多少。但是，在所有的古文明中，至今唯一没有中断和湮灭的，只有中华文明。

这个历史事实，以前当然也知道，但是这次把别人家的遗址全都看了一遍，才产生全身心震撼。不是为它们震撼，而是为中华文明。

这种震撼中并不包括自豪，更多的只是惊讶。那么漫长的历史，中断和湮灭太正常了，而既不中断也不湮灭，却是异数中的异数，很让人费解。

最直接的感性冲撞，是文字。那些斑斑驳驳地爬在种种遗迹上的古文字，除了极少数的考古学家能猜一猜外，整体上与后代已经没有关系。但是，世上居然有一种文字，本来也该以苍老的年岁而枯萎了，却至今还能让亿万民众轻松诵读。什么"己所不欲勿施于人"，什么"三人行必有我师"，什么"温故而知新"，什么"君子成人之美"……从词语到意涵，都毫无障碍地从两千多年前直接传导到今天的日常生活之中，而且没有地域界限地统一传导，这难道还不奇怪吗？

随着文字，很多典章制度、思维方式、伦理规范，也大多一脉相承，避免了解读中断。这与其他古文明一比，就显得更奇怪了。

为了解释这一系列的奇怪，我一路上都用对比的眼光，寻找着中华文明既不中断又不湮灭的原因。到今天为止，我的粗浅感受大致如下——

首先，在这喜马拉雅山南麓，我不能不想到中华文化在地理环境上的安全性。除了喜马拉雅山，往北，沿着边境，还有昆仑山、天山、阿尔泰山，又连接着难以穿越的沙漠，而东边和南边，则是茫茫大海。这种天然的封闭结构，使中华文明在古代避免了与其他几个大文明的恶战。而那些古代大文明，大多是在彼此互侵中先后败亡的。

我曾在几万里奔驰间反复思忖：你看在中国商代，埃及已经远征了西亚；在孔子时代，波斯远征了巴比伦，又远征了埃及；即使到了屈原的时代，希腊的亚历山大还在远征埃及和巴比伦；而且无论是波斯还是希腊，都已抵达印度……

总之，在我们这次寻访的辽阔土地上，几大文明古国早已打得昏天黑地，来回穿梭，没有遗落。说有遗落，只有中国。

各大文明之间的征战，既是文明的"他杀"，又是文明的"自杀"。这与同一个文明内部的战争就完全不同了。中国历来内战不少，但内战各方都只想争夺文明的主导权，而不会废除汉字、消灭经典，因此中华文明没有遭受到根本性的伤害。中华文明也受到过周边少数民族的入侵，但它们都算不上世界级的大文明，与中华文明构不成文化意义上的等量级对峙，更不能吞噬中华文明。最后，反倒一一融入了中华文明。

这就牵涉到了文明体量的问题。文明的体量，包括地域体量和精神体量两个方面。中华文明的精神体量，未必高于其他古代大文明，但一定比周边少数民族所承载的文明高得多；中华文明的地域体量，如果把黄河流域和长江流域加起来，比其他古文明的地域体量总和还要大很多倍。也正因为这样，它在相对封闭的情况下没有陷于枯窘，还经常在域内进行大迁徙、大移民，躲过了很多毁灭性的灾难。

不同的环境，造成不同的经历；不同的经历，造成不同的性格。多少年的跨国互侵，一次次的集体被逐，无止境的荒漠流浪，必然使相关的人民信奉征服哲学，推崇死士人格，偏向极端主义。相反，中华文明由于没有被其他大文明征服的危险，也缺少跨国远征的可能，久而久之，也就满足于固守脚下热土而不尚远行的农耕生态。国土里边的内战又总是按照"合久必分、分久必合"的循环论指向着王道大一统，时间一长也就铸造了一种集体性格，保守达观、中庸之道、忠孝两全。中国历史上也多次出现过极端主义暴民肆虐的时期，但都不长，更没有形成完整的宗教极端主义，因此没有对中华文明造成严重灼伤。

说到宗教极端主义，就遇到了宗教问题。这个问题很大，我以后还要认真地作专题考察，但这次一路对比，已经强烈感受到中国在这方面的特殊性。不错，中华文明缺少一种宏大而强烈、彻底而排他的超验精神。这是一种遗憾，尤其对于哲学和艺术更是如此，但对于整体而言，却未必全是坏事。中华文明从一开始就保持着一种实用理性，平衡、适度、普及，很少被神秘主义所裹卷。中国先哲的理论，哪怕是最艰深的老子，也并不神秘。在中国生根的各大宗教，也大多走向了人间化、生命化。因此，中华文明在多数时间内与平民理性相依相融，很难因神秘而无助，因超验而失控。

宗教会让一个文明在较短时间内走向伟大。但是，当宗教走向极端主义，又会让一个文明在较短时间内蒙上杀伐的阴云。中华文明未曾在整体上享用前一种伟大，也未曾在整体上蒙上后一种阴云。它既然失去了连接天国的森严的宗教精神结构，那么，也就建立起了连接朝廷的森严的社会伦理结构。以儒家理性和法家权术为主导的有序管理，两千年来一以贯之。这中间，又奇迹般地找到了一千余年不间断地选拔大量管理人才的有效方法，那就是科举制度。由于科举考试总是以中华文明的精髓为核心，使得文化传承因为有无数书生的生命滋养而生生不息。因此，仅仅一个科举制度，就使社会管理的延续和文化体制的延续齐头并进。

至此我们可以做一个概括了。中华文明能成为唯一没有中断和湮灭的古文明，粗粗一想，大概有五个方面的原因：

一是赖仗于地理环境的阻隔，避开了古文明之间的互征互毁；

二是赖仗于文明的体量，避免了被小体量文明的吞食，也避免了自身枯窘；

三是赖仗于统一又普及的文字系统，避免了解读的分割、封闭和中断；

四是赖仗于实用理性和中庸之道，避免了宗教极端主义；

五是赖仗于科举制度，既避免了社会失序，又避免了文化失记。

上面这篇归纳性的粗浅感受，是在炉火旁熬夜写成的。今天白天，从清晨到晚上，我完成了一个重要旅程，那就是去蓝毗尼（Lumbini），参拜释迦牟尼的诞生地。

这条路漫长而又艰险，但几步一景，美不可言。

一边是碧绿的峭壁，一边是浩荡的急流，层峦叠嶂全是世界屋脊的余笔，一撇一捺都气势夺人。

可惜蓝毗尼太靠近印度，不让人喜欢的景象又出现了。要进入佛祖诞生的那个园地非常困难，真该好好整治一下。

一百多年前英国考古学家在这里挖掘出一个阿育王柱，上面刻有"释迦牟尼佛诞生于此"的字样。阿育王离释迦牟尼的时代不远，应该可信。现在，园地水池边立有一块牌子，上面用尼泊尔文和英文写着：著名的中国旅行家玄奘到达这里后，曾经记述蓝毗尼所处的位置，以及见到的阿育王柱和一些礼拜台、佛塔。

可见，玄奘又一次成了佛教圣地的主要证明人。

我在相传佛母沐浴过的水池里洗了手，逐一观看了一个个年代古老的石砖礼拜台，又攀上一个高坡拜谒了红砖佛柱。然后，离开这个园子，到不远处新落成的中华寺参观。中华寺还在施工，很有气派。边上，日本人、越南人都在建造寺院。

至此，我对佛教圣地的追溯性朝拜也就比较系统了。

为了拜访蓝毗尼，我们来回行车六百公里。因此在路上思考的时间很充裕。夜间所写的归纳性感受，就是路上思考的结果。

一九九九年十二月三十日，

从博克拉返回加德满都，夜宿 Everest 旅馆

最后一个话题

今天是二十世纪最后一天，也是我们在国外的最后一天。

车队从加德满都向边境小镇樟木进发。

在车上我想，尼泊尔作为我们国外行程的终点，留给我一个重要话题，一定要在结束前说一说。

那就是：没有多少文化积累的尼泊尔，没有自己独立文明的尼泊尔，为什么能够带给我们这么多的愉快？

我们不是在进行文化考察吗？为什么偏偏钟爱这个文化浓度不高的地方？

设想一下，如果我们的国外行程结束在巴基斯坦的摩亨佐·达罗，或印度的恒河岸边，将会何等沮丧！

这个问题，我前几天已经写过：难道是文明造的孽？实际上，这是对人类文明的整体责问。而且，也可以说是世纪的责问。

世界各国的文明人都喜欢来尼泊尔，不是来寻访古迹，而是来沉浸自然。这里的自然，无论是喜马拉雅山还是原始森林，都比任何一种人类文明要早得多。没想到人类苦苦折腾了几千年，最喜欢的并不是自己的创造物。

外来旅行者也喜欢这里的生活气氛，喜欢淳真、忠厚、慢节奏，喜欢村落稀疏、房舍土朴、环境洁净、空气新鲜、饮水清澈。其实说来说去，这一切也就是更贴近自然，一种未被太多污染的自然。

相比之下，一切古代文明或现代文明的重镇，除了工作需要，人们倒反而不愿去了。那里人潮汹涌、文化密集、生活方便，但是，能逃离就逃离，逃离到尼泊尔或类似的地方。

这里就出现了一个深刻的悖论。本来，人类是为了摆脱粗粝的自然而走向文明的。文明的对立面是荒昧和野蛮，那时的自然似乎与荒昧和野蛮紧紧相连。但是渐渐发现，事情发生了倒转，拥挤的闹市可能更加荒昧，密集的人群可能更加野蛮。

现代派艺术写尽了这种倒转，人们终于承认，宁肯接受荒昧和野蛮的自然，也要逃避荒昧化、野蛮化的所谓文明世界。

如果愿意给文明以新的定位，那么它已经靠向自然一边。人性，也已把自己的目光投向以前的对手——自然。

现在我们已经不可能抹去或改写人类以前的文明史，但有权利总结教训。重要的教训是：人类不可以对同类太嚣张，更不可以对自然太嚣张。

这种嚣张也包括文明的创造在内，如果这种创造没有与自然保持和谐。

文明的非自然化有多种表现。繁衍过度、消费过度、排放过度、竞争过度、占据空间过度、繁文缛节过度、知识炫示过度、雕虫小技过度、心理曲折过度、口舌是非过度、文字垃圾过度、无效构建过度……显而易见，这一切已经构成灾难。对这一切灾难的总结性反抗，就是回归自然。

我们正在庆幸中华文明延绵千年而未曾断绝，但也应看到，正是这个优势带来了更沉重的累赘。好事在这里变成了坏事，荣耀在这里走向了负面。

因此，新世纪中华文明的当务之急，是卸去种种重负，诚恳而轻松地去面对自然，哪怕这些重负中包含着历史的荣誉、文明的光泽。

即使珍珠宝贝压得人透不过气来的时候也应该舍得卸下，因为当人力难以承担的时候它已经是一种非人性的存在。

与贫困和混乱相比，我们一定会拥有富裕和秩序，但更重要的，是美丽和安适，也就是哲人们向往的"诗意地居息"。我预计，中华文明与其他文明的比赛，也将在这一点上展开。

我突然设想，如果我们在世纪门槛前稍稍停步，大声询问两千多年前的中国哲人们对这个问题的意见，那么我相信，他们中的绝大多数不会有太大分歧。对于文明堆积过度而伤害自然生态的现象，都会反对。

孔子会说，我历来主张有节制的愉悦，与天和谐；墨子会说，我的主张比你更简单，反对任何无谓的耗费和无用的积累；荀子则说，人的自私会破坏世界的简单，因此一定要用严厉的惩罚把它扭转过来……

微笑不语的是老子和庄子，他们似乎早就预见一切，最后终于开口：把文明和自然一起放在面前，我们只选自然。世人都在熙熙攘攘地比赛什么？要讲文明之道，唯一的道就是自然。

——这就是说，中国文化在最高层面上是一种做减法的文化，是一种向往简单和自然的文化。正是这个本质，使它节省了很多靡费，保存了生命。

一九九九年十二月三十一日，
从尼泊尔向中国边境进发

今天我及时赶到

从尼泊尔通向中国的一条主要口道，是一个峡谷。峡谷林木茂密，崖下河流深深，山壁瀑布湍急。开始坡上还有不少梯田，但越往北走山势越险，后来只剩下一种鬼斧神工般的线条，逗弄着云天间的光色。这一切分明在预示，前面应该有大景象。

果然，远处有天墙一般的山峰把天际堵严了，因此也成了峡谷的终端。由于距离还远，烟岚缈缈，弥漫成一种铅灰色。

今天阳光很好，雪山融水加大，山壁瀑布泻落时无法全部纳入涵洞，潺潺地在路面上流淌。我们几辆车干脆停下，取出洗刷工具，用这冰冷的水把每辆车细细地洗了一遍。这就像快到家了，看到炊烟缭绕，赶快下到河滩洗把脸，用冷水平一平心跳。

我们要回去的地方已经很近，就在前面。我现在想的是，我在离别之后才读懂了它。

离别之后才懂了它——这句话中包含着一份检讨。我们一直偎依它、吮吸它，却又埋怨它、轻视它、责斥它。它花了几千年的目光、脚力走出了一条路，我们却常常嘲笑它为何不走另外一条。它好不容易在沧海横流之中保住了一份家业、一份名誉、一份尊严，我们常常轻率地说保住这些干什么。我们娇宠张狂，一会儿嫌它皱纹太多，一会儿嫌它脸色不好。这次离开它远远近近看了一圈，终于吃惊，终于惭愧，终于懊恼。

峡谷下的水声越来越响，扭头从车窗看下去，已是万丈天险。突然，如奇迹一般，峡谷上面出现了一座横跨的大桥，桥很长，两边的桥头都有建筑。

似有预感，立即停车，引颈看去，对面桥头有一个白石筑成的大门，上面分明用巨大的宋体金字，镌刻着一个国家的名字。

我站住了，我的同伴全都站住了，谁也没有出声。只听峡谷下的水声响如雷鸣。

我们这一代人生得太晚，没有在你最需要的时候为你说话。我们这些人又过于疏懒，没有及早地去拜访你的远亲近邻。我们还常常过于琐碎，不了解粗线条、大轮廓上你的形象。但毕竟还来得及，新世纪刚刚来临，今天，我总算已经及时赶到。

尼泊尔海关正在桥的这端为我们办出境手续。我们踮脚望去，看到桥上还站着不少人，一打听，原来藏族居民在电视上知道了我们的行程主动前来欢迎。由几位中年女性和一位大胡子的老人带领着，似乎已经为我们准备了哈达和青稞酒。

这里的海拔是一千九百米，过关后进樟木镇，是两千六百米。空气已经很凉，我在车上换了羽绒衣。

车队又开动了，越过峡谷，穿过人群，慢慢地驶进那座白石大门。

二○○○年一月一日，尼泊尔至中国的边城樟木，

夜宿樟木宾馆